LA BAÏNE

Du même auteur

Nouvelles du Nord, Le Dilettante, 1984
Manfred ou l'hésitation, Le Seuil, 1985
La Chinoise, Le Dilettante, 1987
Duo forte, Grasset, 1989
Les Petits Bleus, Le Dilettante, 1990
L'Ange de Bénarès, Flammarion, 1993
La Belle Jardinière, Le Dilettante,1994
Bruits de cœurs, Les Silènes, 1994
L'Homme de chevet, Flammarion, 1995
La Tolérance, dessins de Jean-Marie Queneau, Claude Stassart-Springer, La Goulotte, 1995
Deux Poèmes, dessins de Jean-Marie Queneau, Claude Stassart-Springer, La Goulotte, 1996
En compagnie des femmes, Le Dilettante, 1996
Mademoiselle Chambon, Flammarion, 1996
Jours en douce, Flohic, 1997
On dirait une actrice, Librio, 1997
Nouvelles du Nord et d'ailleurs, Le Dilettante, 1998
Bienvenue parmi nous, Flammarion, 1998
Les Cabanes, dessins de Claude Stassart-Springer, La Goulotte, 2000
La Correspondante, Flammarion, 2000
Masculins singuliers, Le Dilettante, 2001
Hongroise, Flammarion, 2002
L'Histoire de Chirac, Flammarion, 2003
Les Sentiers délicats, Le Dilettante, 2005

ÉRIC HOLDER

LA BAÏNE

roman

ÉDITIONS DU SEUIL
27, rue Jacob, Paris VIe

ISBN 978-2-02-066383-0

www.seuil.com

Chapitre 1

Autrefois le Médoc ne ressemblait pas à une corne défiant l'Atlantique et protégeant l'œil de Bordeaux. C'était au nord un chapelet de rochers émergés, une terre inégale au sud, sans cesse transformée par les marées et l'érosion. Il aura fallu le travail opiniâtre, séculaire, de l'homme pour scinder l'eau qui nous entoure entre océan et Gironde, assécher celle des marécages et donner à un banc de sable troué l'allure d'une péninsule.

« Médoc » : la région au milieu du flot. De là vient qu'à Soulac, située près de la pointe, côté salé, on nous prête un tempérament d'îliens. Et certes, lorsque nous gagnons Le Verdon, la commune voisine, du côté saumâtre où s'engouffrent les cargos, nous ne pouvons nous défaire du sentiment que le continent se trouve sur la rive opposée, en Saintonge. L'Europe s'arrêterait à Royan. Le bac qui y assure une liaison signe notre éloignement.

On nous dit réservés, farouches. À Soulac, six mois par an, nous nous contentons de résister. Nous : 2 819 âmes qui connaissons en morte-saison un sort lié aux éléments. Le noroît, le vent de plein ouest depuis le Nouveau-Brunswick, les vagues qui, se contrariant, brisent en houppée, ou, au contraire, écrasent la plage sous leurs rouleaux, les ciels immenses, tantôt glacés, tantôt traversés de nuages roses en file indienne, les coups de chien, le froid si vif en février qu'on ne parvient pas à s'en débarrasser tout à fait, la chaleur revenue l'espace d'un après-midi, comme on prend sa respiration avant de replonger, nous tiennent lieu d'Histoire, épurent nos traits et sculptent nos caractères.

Nous partageons à près de cinquante mille, l'été, le fruit de notre patience. Le littoral long de cent kilomètres jusqu'au Cap-Ferret, l'odeur des immortelles à midi sur la dune, l'ombre fraîche sous les pins en retrait. Des goélands rasent par jeu la crête de la barre. Des bécasseaux tricotent sur leurs pattes à la limite de l'écume qui disparaît dans le sable avec un chuintement.

On se croirait au jour de la création de l'homme, raison pour laquelle ce dernier, venu du continent, se promène nu, remerciant de toute sa peau le soleil retrouvé, l'air, le sel et ce rivage où tremblotent les ombres lointaines de ses pareils. C'est l'heure où, à Soulac, l'arrière-cour des *bodegas* offre un spectacle de chiens gisant dans la poussière jaune, de chaises en plastique, de caisses empilées de bouteilles. Des haut-parleurs diffusent du *son* cubain.

Cela se passe, en général, les fins d'après-midi qui ne veulent pas s'éteindre. Flanqué de son compagnon le soleil, vêtu de rouge pour la circonstance, l'Atlantique étire ses doigts le long de la Côte d'Argent comme un pianiste devant son clavier et s'empare d'un touriste qui croyait avoir encore pied. Le courant de baïne qui rôdait sous la vague le pousse dans le dos en direction du couchant. Le journal *Sud-Ouest*, le surlendemain, tient le compte macabre : un, deux, quelquefois trois. Un retraité, une jeune comptable, un étudiant de Zurich.

On peut multiplier les avertissements – que sont tenus de respecter, au moins, les enfants –, les grandes personnes n'imaginent pas qu'on meure durant les vacances. Des surfeurs inexpérimentés viendraient grossir le nombre si, certains jours, le ciel ne retentissait en continu du bruit des hélitreuillages.

L'océan ne surprend pas que des vacanciers. Il nous a volé une Soulacaise, Valérie, trente et un ans, mariée, un enfant. Elle avait pris l'habitude d'aller se baigner tous les jours, sans son mari ni son fils. On n'avait retrouvé d'elle, sur le sable, que sa serviette orange, ses lunettes de soleil, son sac, avant de repêcher le corps, une semaine plus tard, à Mimizan. Elles étaient quatre amies inséparables. À la pensée qu'une heure avait suffi pour leur ôter Valérie, les trois survivantes, Anne-So,

Manou, Sandrine, avaient été frappées d'incrédulité, puis de stupeur. Elles avaient connu la mort. Il leur sembla cette fois qu'une crevasse s'était ouverte dans leur existence. Lorsqu'elles revenaient ensemble se pencher au-dessus, à mi-voix, les trois femmes n'en discernaient pas le fond.

On raconte que le même après-midi, dans la cour de la ferme qui avait appartenu aux grands-parents de Valérie, et où celle-ci avait effectué ses premiers pas, une porte a pris feu sur un tas de gravats. Le couple d'acheteurs hollandais, aidé d'un maçon local, débarrassait une remise. Ils affirment que des flammèches ont jailli du battant jeté sur les décombres. Le maçon attribue le phénomène à la chaleur étouffante qui régnait ce jour-là, à une étincelle, aux débris viticoles qui contenaient du soufre.

Chapitre 2

Trois ans plus tard, le 28 novembre, au soir tombé, les réverbères des intersections de Soulac éclairaient des paquets de sable d'où dépassaient des aiguilles de conifères, on n'entendait que le bruit des talons de Sandrine Laguibson. Ils claquaient différemment selon qu'elle choisissait le trottoir, étroit et encombré de poteaux, l'asphalte, où l'attendaient des lagunes en réduction. Une heure plus tôt, un flamboiement au ras de l'horizon, devant le front de mer, avait laissé espérer que le temps se lèverait. Quelques étoiles confirmaient. Il pleuvait depuis cinq jours, ce qui est rare sur la presqu'île.

Parvenue, la tête dans les épaules, au croisement de deux rues, elle hésita. Si elle allait tout droit, elle rejoignait *Marie-Luce* (*Mar y luz*), la villa où l'attendaient Julien qui devait être impatient de manger, les enfants, dans leurs chambres, qui avaient pour consigne de ne pas déranger leur père. À gauche, l'hôtel Saint-Louis, normalement fermé en cette saison, constituait l'unique foyer de lumière parmi les masses opaques des bâtisses closes. La véranda était éclairée au rez-de-chaussée, cela signifiait que Manou, sa propriétaire, était revenue de vacances. Sandrine s'engouffra dans cette direction.

En passant devant la baie vitrée abritant des plantes vertes, des fauteuils en rotin, elle aperçut discutant avec son amie celui qu'à Soulac, depuis plusieurs jours, on nommait « l'Étranger ».

Elle l'avait croisé à plusieurs reprises rue de la Plage, où l'on ne rencontre, de Notre-Dame au front de mer, aux heures d'affluence, que dix personnes que l'on connaît toutes. Dégingandé, habillé de noir, jambes longues, hanches étroites, il errait, visiblement en quête de quelqu'un ou de quelque chose. Elle avait évité son regard. La rumeur disait qu'il logeait chez Rémy Petit. Elle avait remarqué aussi les lampes allumées le soir, à l'étage de *La Médulienne*.

Elle aurait préféré rebrousser chemin, mais Manou l'avait vue et lui adressait de grands signes. Elle essuya ses pieds au paillasson et, dès que Manou lui ouvrit, se jeta dans ses bras un peu trop longuement. Enfin elle fut forcée de la lâcher. Sandrine partageait en morte-saison la crainte des Médoquins à l'égard de ceux qui ne le sont point, celle d'être jugés. Nous n'ignorons pas que nos façons de vivre sur la presqu'île provoquent les sourires des continentaux. Nous préférons les touristes en été, en bloc, en troupeau sur lequel, d'habiter ici à l'année, nous avons un peu d'ascendant. S'imaginant *a priori* crottée, Sandrine sentit ses joues flamber et ses tempes chauffer.

De surcroît, elle souffrait depuis l'enfance d'un handicap : beaucoup de personnes lui paraissaient plus dignes d'intérêt qu'elle-même, parce qu'elles poursuivaient un but dans l'existence. Elle avait fait partie de ces jeunes filles, puis de ces jeunes femmes sans vocation particulière, qui regardent avec passivité et une curiosité mêlée d'envie les autres s'enflammer. À défaut d'une passion, elle avait su très tôt, en revanche, où le bonheur était probable : ici. Elle avait découvert à huit ans le paradis, en entrant sous le porche de ce qui lui avait paru être une hacienda, un palmier d'un côté, de l'autre des bougainvillées. Une maison que ses parents avaient louée cet été-là pour la famille.

Native d'Angoulême, elle n'avait plus connu qu'un objectif dans la vie : revenir. En un sens, elle avait réalisé son rêve d'enfant, ce n'est pas si courant.

Elle avait eu « la chance » – c'était le mot utilisé – d'épouser Julien Laguibson. À l'âge où les jeunes Médoquins suivent leur père au fournil, à l'atelier, afin d'y apprendre le métier, il avait entrepris des études, était devenu ingénieur, spécialisé en hydraulique. Les Laguibson sont viticulteurs.

« Ingénieur hydraulique ! » se gargarisaient devant Sandrine certains interlocuteurs. La réalité était tout autre, il peinait à trouver des missions. S'il bénéficiait en ce moment d'une relative clémence – il avait été associé au projet de désensablement de la baie d'Arcachon –, le temps n'était pas si lointain, et reviendrait sans doute, où se poseraient à nouveau des problèmes dérisoires d'envasement de chenaux, où il n'y aurait plus que des agriculteurs à le consulter, contre un cuissot, au sujet de l'engorgement des prés gagnés sur la Gironde, les *mattes*.

Ses économies, il les avait placées dans l'exploitation familiale, au début avec intérêt – les prix du vin avaient flambé –, puis par solidarité : il ne restait plus qu'à négocier âprement des primes à l'arrachage, la situation était catastrophique.

Sandrine aidait à l'argent du ménage en travaillant, de juin à septembre, dans un château reproduit sur des étiquettes de vin. La comptabilité, le secrétariat, la vente. Elle gardait le reste de l'année les clefs de six *Soulacaises*, ainsi qu'on appelle ici les villas, et parvenait à la faveur d'un service rendu, sans que cela s'ébruite trop – du nettoyage, un repassage –, à gagner un billet supplémentaire. Elle le rangeait parmi d'autres dans un livre de sa bibliothèque.

Elle était de cette taille moyenne qu'on appelle dans le Sud « plutôt grande ». Ses yeux vert rhubarbe, pour peu qu'on y prêtât attention, pouvaient prendre la couleur du jade avec des incrustations d'or. De rares personnes s'en apercevaient. Même ses amies les plus proches, Manou, Anne-So, trouvaient qu'elle affichait un masque à l'apathie déroutante, avec sa bouche tombante et sa frange en rideau. Au reste, elle parlait à contrecœur, préférant écouter. Dans une région où le verbe est roi, son silence déstabilisait parfois. Quand elle prenait la parole, lors d'invitations, l'atmosphère s'en trouvait subtilement soulagée.

Ce soir-là, dans le hall de l'hôtel, en lui tendant la main, Arnaud « l'Étranger » fut témoin d'une subite transformation. En même temps qu'elle rougissait, ses yeux couleur de mer en hiver s'étaient agrandis et approfondis, il y avait eu une fossette qu'il aurait voulu retenir au coin de la bouche, une manière gracieuse de bouger son cou, un pan de front émouvant dévoilé par les cheveux. Une sorte de courant d'air était passé, dessinant un autre visage, et avait fait naître, en se dissipant, le désir de le revoir. Ne manquait à cette femme, de son point de vue, qu'un embrasement pour rayonner. Il connaissait ce sentiment d'être le seul à deviner un trésor enfoui. Il l'avait éprouvé quatre fois.

Arnaud était un perdant. Un vrai. Il l'admettait lui-même. À l'âge de quarante ans, il s'était retourné, avait additionné les événements de sa propre histoire, avait tiré un trait en dessous. Résultat : pas d'œuvre, pas d'enfant, pas d'amour, pas d'argent. À peine y avait-il eu quatre éclaircies parmi les nuages, quatre histoires qui s'étaient achevées dans le sang et les larmes, à l'exception de l'avant-dernière, avec Olympia. Celle-là avait eu la gentillesse de ne pas rompre complètement et de lui fournir encore du travail par intermittence.

Il était amer mais juste, pensait-t-il, de se retrouver en ce moment même le dos à l'océan, expulsé par la terre. La veille, dans un moment de désœuvrement, il avait recommencé à dessiner et s'était caricaturé au bout d'une planche de pirate, prêt à sombrer si une main surgie des nuées ne l'avait rattrapé par le col, *in extremis*, celle de son père. Il avait utilisé un crayon noir. Il ajouta mentalement une touche de couleur devant sa silhouette de condamné, un scintillement vert, une fée Clochette. « Je ne porte pas bonheur », décida-t-il brusquement, avant de quitter Sandrine des yeux. Il l'avait détaillée quelques secondes de trop. Il attacha son regard aux aquarelles reproduisant des chaloupes, aux batiks, à la jungle de plantes exotiques qui grimpaient à l'assaut du plafond. Manou avait passé une partie de sa vie au Sénégal, la décoration de l'hôtel y revenait avec nostalgie.

Elle leur servit un verre de sauternes et leur proposa de s'asseoir. Au-dehors, le vent soufflait en rafales.

– Tu ne peux pas te souvenir d'Arnaud, expliquait

Manou à Sandrine. Tu étais trop petite à l'époque de la bande de Rémy Petit. Combien de fois es-tu venu ici ? demanda-t-elle en s'adressant à lui.

– J'ai passé deux étés à *La Médulienne*.

– Et le dernier remonte à quand ?

– Mmm... Vingt-cinq ans ?

– C'est lui qui m'a reconnue !

Elle avait eu un mouvement de tête à la fois fier et pas dupe. Lui songeait à la façon dont il s'était jeté sur elle, à la Maison de la presse, le matin même. Enfin il avait rencontré une femme avec qui échanger plus de trois phrases, et qui souriait ! Depuis le début de son séjour, il n'avait croisé que des visages indifférents, rebutés ou intimidés. En lui tendant les clefs de la villa, à Paris, Rémy l'avait prévenu : le pays hors saison lui paraîtrait plus rugueux qu'en été. Si encore il avait eu une voiture, il aurait pu filer jusqu'à Bordeaux. C'était une folie, d'être arrivé sans, et pas d'argent pour en louer. Il avait trouvé dans la cave de *La Médulienne* un vélo. Il l'avait enfourché pour partir en reconnaissance, zigzaguant le nez aux bourrasques. Mais Soulac s'étalait interminablement jusqu'au « Jeune Soulac ». La première exploitation agricole se trouvait à des kilomètres et ne correspondait en rien à celle qu'il avait en tête. Découragé, il n'aurait su dire à quoi il avait employé son temps depuis.

– Pourquoi es-tu revenu ? demanda Manou.

– Je suis à la recherche d'une ferme.

Il leur apprit qu'il était en repérage, il visait une propriété ancienne, typique, « carte postale », pourquoi pas ? Identique, en tout cas, à celle où se déroulait un scénario que son père prévoyait de tourner dans la région. Il arrêta là, peut-être en avait-il trop dit, le mot de « cinéma » rendait certaines personnes bizarres. Il lui sembla que l'aura verte des yeux de Sandrine gagnait en intensité dans le coin gauche de sa propre rétine. Un léger hâle était apparu au-dessus des pommettes de Manou.

– C'est qu'elles sont nombreuses, les vieilles propriétés dans la région, dit-elle. J'en vois à Saint-Vivien, à Grayan, à Coudessan...

– Un scénario tiré d'un livre ? demanda enfin Sandrine.

Il aimait bien sa voix, claire, calme, timbrée.

– *L'Enfant du Médoc*, répondit-il.

Elle l'avait lu, s'en souvenait mal, s'étonnait qu'un auteur « régional » pût attirer un réalisateur « national ».

– Mon père croit à ce projet... commença-t-il, avant de renoncer à en expliquer les raisons, préférant traduire par un geste fataliste que les desseins paternels se devaient d'être exaucés.

– Vous n'avez pas envisagé de reconstituer l'histoire en studio ? demanda-t-elle.

Il sourit : non seulement elle ne manifestait aucun des

signes par lesquels des naïfs vouent aux films une passion inconsidérée, mais elle faisait preuve de finesse, en opposant des arguments.

– Mon père », répéta-t-il, subitement énervé par l'importance que ce dernier prenait, jusque dans son discours, « voudrait qu'elle se déroule en décors naturels. L'Aquitaine offre également des subventions intéressantes.

« Vous vous rappelez…

Arnaud évoqua l'atmosphère des années 1930, les charrettes, les chemises de fenaison, la cour où les ouvriers s'affairaient tôt le matin.

– Le rêve serait de tout trouver au même endroit, la cour, le chai, le puits, les granges…

Il était surpris par la bonne volonté des deux femmes qui, ayant pris l'affaire en main, l'exploraient étape par étape, avec sérieux et à-propos. Il tenait pour une affection de leur part le soin pointilleux que nous mettons ici à résoudre un problème. Le voisinage de la mer maltraite les constructions de fortune.

– Il faudrait pouvoir relire *L'Enfant*… émit Sandrine.

– Vous voudriez le scénario ?

Il montra le sien, roulé, sali, qui dépassait de la poche de son manteau, dans l'entrée.

– Vous feriez ça ? interrogea-t-il. Assez vite, si je n'exagère pas ? J'ai besoin de le récupérer demain.

Il se leva, gagna la patère où était accroché le vêtement,

le fit tomber, le ramassa, saisit le manuscrit qui lui échappa à nouveau. Elles se regardaient en évitant de rire.

– Vous aimez lire ? demanda-t-il en se composant au retour un masque de dignité.

– Sandrine est une superlectrice ! s'exclama ingénument Manou.

L'intéressée haussa les épaules et se reprit à rougir. Son silence remua Arnaud à un degré supplémentaire.

– Pour demain ? insista-t-il.

Sandrine vérifia que le paquet de jambon se trouvait toujours dans la poche de son duffel-coat avant de pousser le portail de *Marie-Luce*. Elle s'apprêtait à crier « Manou est revenue ! », ou bien, brandissant le manuscrit, « Tu ne sais pas ce qui m'est arrivé ? On va tourner un film dans le coin ! ». Mais elle trouva Julien, le front dans ses mains, en compagnie de son frère, devant le secrétaire débordé de factures. Ils seraient cinq à dîner, elle n'avait pris que quatre tranches.

Maxime, huit ans, avait enfilé son pyjama, il l'attendait dans le couloir qui mène à la cuisine. Au passage, il la ceintura et l'étreignit, la joue écrasée contre son bras. Elle vérifia, d'un bref coup d'œil dans la pièce attenante, que Célia, quatre ans, jouait entre ses jambes, assise par terre, absorbée par des miniatures à qui elle prêtait une voix.

Quiconque entrait dans la cuisine passait sous une photo encadrée, accrochée au-dessus du linteau de la porte. Une plage, six heures du soir en été, la lumière est orange. Célia, qui remonte la dune la première, cligne de l'œil dans l'objectif, un coin de la bouche remonté. Derrière, Julien tient encore Maxime à bout de bras, saisi au moment où il cesse de le faire tourner. Leur sourire, à chacun, éclate de bonheur, il ne peut pas y avoir plus radieux, cela dépasse l'entendement. Si un autre s'étire à l'intérieur de Sandrine, chaque fois qu'elle contemple les siens, c'est d'y être pour quelque chose.

Chapitre 3

Le lendemain matin, à dix heures, Arnaud fit un détour pour emprunter la Promenade de l'océan, mains dans les poches, col remonté. Le vent soufflait toujours, mais le ciel à présent dégagé jusqu'à l'horizon était d'un bleu clair intense. Le jusant découvrait le brise-lames, à droite, d'anciennes défenses allemandes. Au loin, dans la même direction, des scintillements de soleil trahissaient Royan. Quoique les mâts fussent nus et la plage déserte, il entendit claquer des drapeaux, les cris d'excitation des colonies de vacances au moment de rentrer dans l'eau. Il se rappela les cordons munis de bouchons flotteurs dont on entourait les enfants, et qui les transformaient en poissons jaillissant du filet. Il respira pour la première fois depuis son retour l'odeur des étés d'autrefois.

Il trouva facilement *Marie-Luce* formant coin, avec sa tourelle surmontée d'une poivrière, le grand jardin où traînaient des jouets d'enfants. Il fallait passer un portail, suivre une courte allée, grimper un perron. Ni chien ni sonnette. Il frappa plusieurs fois avant qu'elle ouvre à moitié, un œil vert, un bras, la moitié d'un tee-shirt frappé à la moitié d'un groupe de rock, une jambe, une tennis. Pas un mot.

– Bonjour, dit-il, l'épaule prête comme s'il allait gravir la dernière marche, entrer.

Le battant ne bougea pas.

Le regard de Sandrine le quitta, visa un quart de seconde un point situé au-dessus de lui, avant de revenir l'évaluer avec autant d'intérêt que s'il avait été peu de chose, du vent, de l'air. Il se retourna et vit retomber un rideau de percale, au bas d'une fenêtre de la villa en face.

– Vous habitez un coin peuplé, dit-il. C'est bien. Il y a de l'animation.

Sandrine se pencha de façon à pouvoir bien le regarder.

– Vais-je avoir envie de vous faire part d'une importante nouvelle ? demanda-t-elle.

– Oubliez ce que je viens de dire, s'excusa-t-il.

– Je crois que je connais votre ferme. Je peux me tromper, mais c'est troublant. J'ai même pensé qu'elle avait pu inspirer le livre.

Elle ne manifestait pourtant aucun enthousiasme. Sa réserve engendrait un espoir. Elle comptait, comprenait-il, parmi ces personnes qui tiennent pour probable, et non assuré, que le soleil se lèvera le matin suivant. On peut en général leur faire confiance.

– Il y a des impératifs techniques, parvint-il à dire. Je les ai écrits dans les marges. Vous les avez lus ?

– Ah oui, les notes…

Elle les écarta d'un geste.

– Voulez-vous que je vous emmène voir l'endroit ? reprit-elle.

– Tout de suite ?

– Pas avant demain. Je vous rends le scénario ?

– Prenez en même temps mon numéro de téléphone.

Pendant qu'elle s'absentait, il détailla le hall tapissé de livres. Certains étaient disposés de façon frontale. Il se demanda si c'était pour leur contenu ou pour leur couverture. Elle revint avec le manuscrit et son portable, sur lequel elle tapota les chiffres d'Arnaud.

Elle s'apprêtait à refermer la porte.

– Au revoir… hasarda-t-il.

Souhaiter « Au revoir » est rare dans cette région où l'on dit plutôt « Bonne journée ». Elle plissa les yeux et eut un sourire forcé, un léger signe de la main, comme si l'Étranger s'était déjà éloigné.

En traversant le jardin, il remarqua que le rideau avait à nouveau bougé.

– Tu fais comme tu veux… coupa Julien, son mari.

Sandrine avait fini de servir, elle reposa la marmite sur

la table en s'y cramponnant un peu. Ses yeux venaient de rencontrer ceux de son fils, Maxime, deux charbons noirs dans un visage calme, et qu'une flamme animait dès qu'elle les croisait. Depuis quelque temps, elle découvrait Maxime inquiet de ne plus la retrouver à la maison, serait-ce pour dix minutes d'absence. « Tout va bien ? » demandait-il lorsqu'elle revenait, d'un ton plus mûr que lui, un ton de jeune homme. Il fallait, en le serrant, le consoler d'on ne savait quoi, mais qui formait en elle une petite boule humide.

– Même les tamaris...

Elle faillit continuer, puis se tut, et garda pour elle sa surprise, en ouvrant le scénario, d'être tombée sur « la grande allée de tamaris... ». Ç'aurait pu être de lauriers, de chênes, de rosiers, de platanes... Or elle n'en connaissait qu'une d'aussi remarquable dans les environs : celle de *Campardon*. De nombreux autres détails, tout au long de sa lecture, lui avaient fait songer à cette propriété qu'ils connaissaient bien, Julien et elle. Elle aurait voulu qu'il partageât sa curiosité. Il avait été si manifestement inattentif qu'elle avait ravalé les trois quarts de ses mots et transformé un récit palpitant en discours décousu.

« Même les tamaris... » se balançait entre eux comme une souris morte qu'on tient par la queue.

– Demain, c'est mercredi, finit-il par dire. Comment tu feras pour les enfants ?

– Je me suis arrangée avec Anne-So.

Elle regretta instantanément sa réponse.

– Oh ! tu as déjà téléphoné à Anne-So… Mon autorisation n'avait donc pas beaucoup d'importance…

Il la regarda avec son sourire ironique. Elle se troubla, dans le même temps qu'elle serra avec violence les maniques. Julien était un scientifique dans l'âme et de formation, Julien était d'une intelligence supérieure à la moyenne, c'était entendu. Sandrine pouvait affirmer avec certitude que cette tournure d'esprit, autrefois, était entrée pour une large part dans la séduction qu'il avait exercée sur elle. Elle ne détestait pas, d'une certaine manière, les moments tels que celui-ci où, prise en faute, elle se traitait d'idiote. La gêne passée, par contrecoup, elle avait l'impression d'en sortir grandie, concevant à l'égard de Julien un surcroît d'admiration et, à ses côtés, une espèce de sécurité. Elle se demandait souvent ce qu'elle serait devenue sans lui. Folle, sans doute, avec son imagination.

Cependant, là, tout de suite, elle avait attendu autre chose. Qu'il demande des détails. Que l'intéresse la perspective d'un repérage, d'un tournage. Qu'il éprouve des soupçons envers Arnaud. Qu'il se fâche, et lui interdise d'y aller !

Célia, un poing dans les cheveux, répandait consciencieusement, brin à brin, tout le ravier de gruyère râpé dans son assiette.

Chapitre 4

Elle avait dit, au téléphone, « À onze heures, devant le monument du Débarquement ». Il régnait le même temps que la veille, bleu du ciel, jaune du sable lustrés par le froid. Le vent courbait les oyats au-dessus de la dune qui s'arrêtait contre un parapet bas où Arnaud était appuyé. Il faisait face à un parking vide et aux derniers immeubles du front de mer. Leur vue imprenable, à travers les baies vitrées du plancher au plafond, permettait que la sienne embrasse, à chaque appartement, deux chaises en Skaï, une table, un téléviseur, parfois un bouquet de fleurs artificielles, et, si la porte était restée ouverte le jour du départ, jusqu'à l'intérieur des toilettes.

Depuis qu'il patientait, un seul véhicule avait longé la route parallèle, son conducteur avait ralenti pour le dévisager. Il vit de loin Sandrine s'engager lentement sur le parking. Elle conduisait une Fiat Panda.

Il avait emporté son sac de photographe, qu'il déposa dans un coffre encombré d'objets divers, de bottes en caoutchouc. Il éprouva un peu de difficulté à ranger ses jambes, à fermer la portière sans coincer son manteau. Le chauffage poussé à fond dans un bruit de pales déglinguées luttait contre l'air qui s'infiltrait sous la capote de toit. Sandrine portait un bob, une veste de chasse.

– Nous aurions peut-être dû prendre votre voiture, dit-elle en enclenchant la première.

– Je n'ai pas de voiture.

Il sentit qu'elle le regardait avec réprobation. Qui était-il pour venir en repérage sans véhicule ? Un incapable ? Un imposteur ? Ou bien un ivrogne, à qui le permis avait été retiré ?

– Je vous expliquerai plus tard… dit-il.

Elle avait prévu d'effectuer un détour par Saint-Vivien, afin de lui faire visiter le marais asséché, le paysage de *mattes*, mais en peu de temps des nuages, arrivés par l'ouest, avaient envahi le ciel. La lumière s'était assombrie autour des roselières battues par le vent, d'où s'élevaient une buse, des volées d'étourneaux. Elle teintait vert-de-gris les petits ponts au-dessus des chenaux et rendait inquiétants les pâtis, désertés en ce moment par le bétail et les chevaux. Le bord des nuages était ourlé de blanc, comme à la craie. Sandrine montra qu'ils s'amassaient de façon plus fournie à l'aplomb de l'estuaire.

– Je fais ça l'été, de temps en temps, dit-elle. J'aime bien.

– Quoi ?

– Promener des personnes en voiture dans la région. Les bons clients d'un château. Aujourd'hui, je ne reconnais plus rien...

Ce n'était pas vrai. À peine avait-elle pensé cette dernière phrase, destinée à couper court aux mots vers lesquels sa pente l'entraînait et qui lui brûlaient les lèvres. L'irruption d'Arnaud ravivait les projets qu'elle avait depuis longtemps en tête. Elle connaissait le Médoc comme sa poche et s'enrichissait, à chaque saison, de nouveaux contacts, d'adresses, de propositions. Elle savait aller dorénavant au-devant des goûts des étrangers. Elle organiserait des circuits touristiques à l'égard des visiteurs fortunés. Taxi de luxe. Anne-So, directrice de communication dans une entreprise à Bordeaux, l'encourageait à sauter le pas. Manou aussi, qui lui avait suggéré de travailler avec l'hôtel Saint-Louis. Deux obstacles l'empêchaient encore de s'affranchir : approfondir son anglais et changer de voiture.

L'allée de tamaris qui menait à *Campardon* était pour l'heure dépouillée. La ferme frappait par son ancienneté, bien qu'elle fût en activité – un tracteur neuf dépassait d'une grange. Mais, outre qu'une poussière la recouvrait, elle semblait accompagner ses derniers occupants vers la fin, avec son toit affaissé, ses portes rongées qui grinçaient au vent, un arbre entier abattu sur l'airial, comme si l'on n'avait plus eu la force, depuis longtemps, de le débiter.

Elle formait un L dont la branche verticale aurait été constituée en pointillé de bâtiments en pierres distincts les uns des autres, l'étable, le chai, l'atelier – l'horizontale, du corps d'habitation. Dans la cour : un puits, un platane centenaire, un lavoir surmonté d'une treille, une niche d'où s'extirpa un vieux chien, qui aboya de façon réglementaire et éraillée. Il n'y avait personne.

Arnaud descendit de voiture le premier et s'arrêta, mains sur les hanches, au milieu de la cour. Elle se dépêcha de le rattraper, après s'être garée.

– Vous n'avez pas téléphoné ? demanda-t-il.

– Par ici, on préfère passer.

La question d'Arnaud révélait que la ferme l'intéressait, ce qui la fit involontairement sourire. Lui s'attarda plus de temps qu'il n'eût voulu sur une incisive plantée de guingois et qui jetait dans sa bouche un éclat inattendu, précieux, à mi-chemin de la gemme et de la cicatrice – un clou auquel accrocher son souvenir plus tard.

Elle se plaça contre le mur d'habitation, près de la fenêtre de cuisine au rebord encombré de gamelles pour chats.

– Vous vous souvenez de cette scène (elle la cita) ? C'est d'ici que je la voyais. Tout y est : le puits, l'arbre...

Elle désignait de la main l'ouverture de la grange, devant laquelle subsistait un pas-de-mule.

– Là-bas, ils détellent les charrettes.

– Ne cherchez pas à me convaincre, dit-il. Si vous voulez me tranquilliser, trouvez plutôt des inconvénients.

Sandrine avait visé du premier coup dans le mille. Tous ces murs troués d'orifices par-delà lesquels, après un volume d'ombre, on retrouvait la lande plairaient à son père, qui aimait les profondeurs de champ successives. Il entra dans plusieurs dépendances. Les propriétaires semblaient n'avoir jamais pu se résoudre à jeter un bidon vide, un outil hors d'usage. Un félin bondissait parfois entre les tas de ferrailles et détalait à l'extérieur pour gagner l'abri des hautes herbes. À condition d'effectuer un sérieux ménage, il y avait moyen d'installer ici le *catering*, la cantine, et là le maquillage. Il dénicha enfin l'alimentation électrique. Elle supportait 380 volts. Parfait. Le reste serait assuré par les camions. En ressortant, il vit l'endroit où les parquer, sur le chemin passé la ferme, une piste caillouteuse qui menait aux champs. Les câbles n'y gêneraient personne, pas plus que le campement des accessoiristes.

Il revint à la voiture prendre deux appareils, numérique et traditionnel, et écouta retentir en lui une petite sonnerie caractéristique. Elle se laissait entendre chaque fois qu'il était sûr d'étonner favorablement son père.

– Il y aura assez de lumière ? demanda-t-elle en le rejoignant.

– Ne vous en faites pas.

Il avait été photographe, expliqua-t-il. De formation, puis de profession, pour des journaux, avant que le métier lui fonde entre les doigts. C'était sans doute sa faute, il n'avait rien vu venir. Le temps de se retourner, de jeunes gens talentueux avaient envahi un marché déjà réduit par l'apparition de nouvelles techniques. Elles permettaient à n'importe qui, pourvu d'être un témoin privilégié, de traiter avec les rédactions. Tout en prenant des photos de murs, d'ouvertures et de prés qui s'envolaient en direction de cieux sauvages, il raconta quelques riches heures de la presse d'autrefois. On trouvait encore ses clichés sur le site d'une agence, Olympia – il prononçait O-lime-pilla.

L'averse les surprit dans un crépitement de baguettes brisées sur le toit de la grange. Ils regardèrent, depuis l'entrée, la Fiat disparaître derrière des rideaux successifs. Le froid devint plus vif.

– Un *abat-d'eau*, dit-elle.

Puis :

– Alors, qu'est-ce que vous en pensez ?

– Je vous le répète, j'aimerais presque une objection,

ce serait moins inquiétant. Je n'en vois aucune, sinon l'absence des propriétaires...

– Je les connais, dit-elle. Il a dû se passer quelque chose.

La veille encore, Arnaud se donnait pour mort, au fond d'un puits dont il avait gravi quelques degrés en poursuivant Fée Clochette. De la lumière là-haut. L'éclat avait profité à la petite créature, qui s'était étoffée. Qu'elle fût non pas absente mais indifférente n'avait aucune importance. Au moins était-il autorisé à rester à côté d'elle, narines ouvertes, à respirer un parfum de pluie coupé d'éther dont il avait oublié l'existence. Il se surprit à fermer les yeux.

Ils trouvèrent un café ouvert à Vensac, où ils purent commander deux sandwichs. Ils prirent une table près de la vitrine. L'endroit désert baignait dans la lumière d'ampoules jaunâtres. Au-dehors, par rafales, la pluie claquait sur le trottoir.

– Merci de vous occuper de moi comme ça, dit Arnaud.

– Oh, ce n'est pas pour vous... Je suis curieuse du déroulement de l'affaire, voilà tout.

Il la regarda en souriant :

– Ça ne vous dérange pas si je passe des coups de fil à l'autre bout de la salle ?

Il joignit son père et, sur ses directives, une attachée

de production. Sandrine lui avait donné le numéro de *Campardon*, qui persistait à sonner dans le vide. Il la regarda rêver, le menton dans une main, ses yeux maintenant couleur de pluie. Ils avaient en commun avec l'océan de changer à chaque instant. Posé devant elle, sur la table, son bob vert dégoulinait. Rien que ce nom, un peu clown, de « bob »... Un chapeau qui aurait été d'habitude, selon lui, sans allure, l'apanage de personnes qui veulent passer incognito. Il lui parut bouleversant.

Enfin, au dernier appel, un homme âgé décrocha, qui avoua ne rien comprendre à ce qu'Arnaud racontait.

– Sandrine ! cria-t-il.

Il lui passa le portable. Elle résuma la situation, la traduisant en mots inattendus. Elle obtint un rendez-vous pour le lendemain.

– Au-jour-d'hui, soufflait Arnaud dans son dos.

Quand elle lui rendit l'appareil :

– Ils étaient à un enterrement, dit-elle. Inutile de les secouer. Leur fils nous attend demain.

– Nous ?

Elle se retint de rougir.

– Prenez donc un taxi, dit-elle

Quand il vit à quel point elle s'efforçait de paraître désinvolte, il éclata de rire.

– Vous vous moquez de moi, s'insurgea-t-elle.

– C'était un rire de plaisir.

La pluie cessa lorsqu'ils reprirent la route qui longeait la Gironde. Sandrine avait téléphoné à Anne-So qu'elle rentrerait plus tôt.

– Ça se passe bien avec le *cinéaste* ?

– Je le dépose et j'arrive.

– Ah non, pas de ça, ma chérie ! Je veux le voir. Je prends les enfants, je déménage. Rendez-vous chez moi. Je prépare le thé, vous me rejoignez.

En chemin, ils s'arrêtèrent à Saint-Christoly. Un hôtel montait la garde sur le côté d'un chenal à trois chalutiers ; de l'autre, une usine désaffectée. L'embouchure roulait son flot boueux le long de la rive d'où surgissaient les cabanes de pêche sur pilotis qu'on nomme *carrelets*. Partout, une herbe vert sombre et fournie qui évoquait l'Irlande. Il n'y avait rien, et c'était ce rien, justement, qui attirait l'œil.

Arnaud sortit à nouveau ses appareils. Le ciel était redevenu kaki, sans crever cependant, poussant au-dessus de l'estuaire des poitrails de chevaux. Sandrine, à l'écart, regrettait que ce genre d'excursion ne fût pas payé, ç'aurait été parfait. Elle jouait à suivre l'extrême bord du débarcadère quand elle entendit le déclencheur. Il la photographiait.

– Oh non, pas ça... dit-elle.

– Je suis sûr que vous n'avez pas de beaux portraits de vous (il baissait l'appareil). Des grands formats.

– Je crois que je n'aimerais pas poser.

– Qui vous parle de poser ? s'exclama-t-il. Je vais vous abreuver de questions sans importance, vous me répondrez si cela vous chante. Au bout d'un temps, vous verrez, vous aurez oublié ma présence. Le reste, c'est mon boulot.

André Lejeune, dit André-des-gabares, mécanicien retraité de la marine marchande, s'apprêtait à sortir sa voiture du garage quand il aperçut la petite Fiat isolée sur le parking, immatriculée 33. Le long du quai romantiquement balayé par le vent, une femme retenait ses cheveux sous l'objectif d'un homme en noir. Il rentra chez lui pour les observer aux jumelles. La femme, il l'avait déjà vue. Il sursauta en reconnaissant l'épouse de l'Ingénieur, celle qui promenait parfois des touristes à Saint-Christoly, en été. Il ne se souvenait pas d'elle aussi souriante, ni si enjouée, une belle fille, vraiment. C'était qu'au même moment Arnaud l'interrogeait à propos de Maxime, son fils.

Une heure plus tard, elle referma sur lui, après l'avoir raccompagné, la porte des *Bleuets*, à deux rues de *Marie-Luce*. Maxime et Célia regardaient un DVD dans une pièce qui leur était entièrement dévolue. Leur mère revint au salon où Anne-So, un bras au-dessus du canapé, restait songeuse.

– Alors ? demanda Sandrine.

– Bel homme, immature, un peu léger... Il n'a pas cherché à te séduire ?

Sandrine haussa les épaules.

– Le loup est trop fin, continua Anne-So. Bien sûr, tu n'as rien remarqué de spécial...

– Quoi ? demanda Sandrine.

– Ce type te dévorait littéralement des yeux.

– Arrête (elle sentit une chaleur envahir ses joues).

Anne-So souriait, attendrie :

– Qu'est-ce que je disais... Tu ne t'en es même pas rendu compte.

Chapitre 5

Un amant.

Elle évoquait parfois, de façon posée, la possibilité de connaître elle aussi – après tout, pourquoi pas ? – un amant. Cela ne durait que quelques secondes et lui donnait envie de rire. Car à quoi bon ? Julien l'avait épousée sans laisser d'interstice par où un homme aurait pu se glisser. Pour l'élan du cœur, cette stupéfaction de n'être plus rien, dissoute, pourvu qu'un autre soit heureux, les enfants suffisaient amplement...

Mais admettons, elle aurait une aventure. Elle prévoyait de mentir. Un mensonge en enchaîne un autre, ils vivent en bande nombreuse. Trop fatigant. Elle se sentait autorisée, vu son âge, à se reposer contre une stèle blanche et douce, le bloc formé en elle par une pureté qu'elle avait su préserver. Ce genre d'édifice supporte mal les taches.

Elle n'avait connu, avant Julien, qu'une relation calamiteuse, un étudiant dont elle se souvenait pourtant avec tendresse. Son seul argument en faveur de l'adultère était qu'elle aurait aimé voir s'éteindre la lueur infantilisante, condescendante à son égard, qui luisait dans les yeux d'Anne-So et Manou, quand elles rêvaient à des hommes devant elle.

Enfin, elle avait appris la dernière, puisqu'on évitait de lui parler de ces choses-là, que Valérie ne se rendait pas seule, chaque jour, à la plage, par amour de l'océan. Son amant avait été obligé de donner lui-même l'alarme. Il lui en restait, au mot d'« amant », un avant-goût funeste et des interrogations inquiètes.

Nonobstant, pouvait-elle s'expliquer pourquoi la remarque d'Anne-So (« Tu ne t'en es même pas rendu compte »), jouant le rôle d'un commutateur *off/on*, avait jeté un jour différent sur cette journée ? Elle se rappelait avec une sorte d'étonnement qu'elle avait jugé la veille Arnaud mou, indécis. Ou plutôt, qu'elle n'en avait rien pensé du tout. Elle était à présent frappée par des détails le concernant. Sa voix notamment, de basse, chaude, étouffée. Elle avait encore sa voix dans l'oreille.

Le soir, elle prit un bain, ce qui n'entrait pas dans ses habitudes. Elle contempla avec intérêt ses orteils qui émergeaient, à la fois étrangers et sympathiques, un groupe de touristes dont elle joua un instant à être la guide, vous par ici, vous par là, hep ! le gros, ne vous éloignez pas, les autocars arrivent (ses mollets ruisselants). Le silence de la maison autour d'elle l'étonna. Quand elle comprit que, pour une rare fois de leur existence commune, *Marie-Luce* lui fichait la paix, elle laissa entrer Arnaud.

C'est vrai que vous n'êtes pas mal. Anne-So serait-elle envieuse ? « Immature », ooh !... la belle affaire. J'aurais dit patiné, prévenant et doux. Votre indépendance donne envie de vous attacher. Votre discrétion, d'en savoir davantage. L'expérience vous épice de son vétiver. Vous avez dû en connaître, des régions. Des situations. Des femmes.

Une dans chaque pays ?

Quand les bruits de la maison lui parvinrent à nouveau, on entendit sa voix assourdie depuis la salle de bains.

– Espèce de cruche, va.

Le lendemain, elle dut admettre que cela lui causa, non pas un choc, mais son onde dans l'eau, de le voir courir entre les flaques pour rejoindre la voiture. Elle était arrivée avec cinq minutes d'avance, afin de lui éviter d'être trempé.

En se rappelant, plus tard, ce dernier jour avec Sandrine, outre la façon dont elle avait fui, Arnaud ne garderait en mémoire que le trajet en auto, ce matin-là. La pluie contraignait à ralentir. Ils avaient parlé de tout, de rien. Pourquoi avait-il eu le sentiment que ses mots étaient mieux accueillis que la veille ? Il avait revu par intervalles le visage radieux, profond et doux, aperçu le premier soir. Certaines fois, il avait même semblé qu'elle lui laissait le contempler.

Ils furent happés dès leur arrivée à la ferme. D'autres membres de la famille débarquaient, rejoignaient le groupe formé dans la cuisine, suivis par quelques-uns du conseil municipal. Ils en étaient à la question du logement. Arnaud, juché sur la table, ressemblait à un orateur socialiste de la fin du dix-neuvième siècle.

Sandrine s'éclipsa par la porte qui, malgré le froid, restait ouverte. Quatorze heures, on en avait oublié de manger. Elle pensait aux enfants, ils lui manquaient soudain.

« À quoi ça rime ? » Elle leva les yeux au ciel où du bleu pointait par les déchirures, le vent avait pris de la carrure. L'image de *Marie-Luce*, deux têtes brunes dépassant du dossier d'un canapé, rayonnait de l'éclat chaud de Noël.

Elle exhala plusieurs fois, comme si elle retrouvait la respiration. Un homme sortait de la cuisine. C'était le fils des propriétaires.

– Vous ne voudriez pas me rendre un service ? demanda-t-elle.

Un dernier coup d'œil à *Campardon*, après avoir

démarré au milieu des voitures garées n'importe comment. Elle vit jaillir Arnaud hors de la maison. L'instant suivant, il l'empêchait d'avancer, une main sur le capot, penché vers la vitre qu'elle ouvrit.

– Je me suis arrangée, dit-elle. On vous raccompagne.

– Vous filiez à l'anglaise ?

Elle eut un mouvement de tête en direction de la ferme.

– Je crois que mon rôle s'arrête là. C'est bien parti pour vous.

– Mais il *faut* que je vous remercie, dit-il, soudain perdu.

– Une autre fois.

– Non. Maintenant. Vous comprenez, nous ne sommes pas sûrs de revoir certaines personnes dans cette vie. Je n'aurais peut-être plus l'occasion de vous dire que ma gratitude envers vous est immense. Vous n'en avez rien à faire, mais j'étais dans un état désastreux lorsque je vous ai rencontrée. Peu à peu, sans vous en douter, vous m'avez redressé. Votre présence... Vous avez un...

Il parut chercher un mot. En désespoir de cause, claqua dans ses doigts.

– Je vous nommais "le rayon vert". Je suis allé avec vous de surprise en surprise. Jusqu'à cette ferme, finalement, un miracle. J'exagère ? Si l'on m'avait dit, il y a deux jours, que nous nous parlerions dans sa cour, j'aurais trouvé ça prodigieux. Il suffisait de vous suivre. J'avais raison d'y croire.

« C'est facile de vivre à côté de vous. C'est rassurant. Au fait, j'adore votre façon de conduire.

Il attrapa les yeux de Sandrine pour ajouter :

– Je me suis senti bien avec vous, vous comprenez ?

Il détourna brusquement la tête, tapa sur le capot :

– Ciao !

Chapitre 6

À Soulac, en hiver, neuf jours sur dix, nous affrontons le rien. S'il faut sortir, nous remontons le col, baissons la tête. Des feux cavernicoles brillent au fond des rares boutiques ouvertes dans la rue de la Plage. Le vent ratisse le crâne nu des dunes et ses implants d'oyats. Le personnel du casino s'ennuie dans le clignotement des machines à sous.

Voici venu le moment des travaux remis à plus tard. Nous réparons, nous nettoyons. Le labeur le plus infime requiert toute notre attention. Nous luttons à notre manière contre l'effritement, l'ensablement qui menacent la cité. Nous n'avons pas oublié le repli, devant l'effondrement de la côte, sur le « Jeune Soulac », ni Notre-Dame-de-la-Fin-des-Terres, la basilique, ensevelie jusqu'à son faîte. Les années à tempêtes marquent nos chronologies mieux que les changements de gouvernement.

Mais le dixième jour, à notre réveil, le ciel est parfaitement bleu. Le soleil a envahi l'espace. Nous fermons les yeux. La chaleur semble monter du sol même. Alors l'été nous fond sur le poil, la peau, et le souvenir des étés avec. Chaque seconde s'étire si moelleusement que la journée dure un an, jusqu'au moment où notre étoile plonge dans l'océan, sous le ciel griffé au sang par un dément. Ces soirs-là, le Sud ressemble à une raison de vivre.

Sandrine se rendait en hiver coupable de lire et de dormir. Son lit, dès les premiers froids, revêtait un caractère hypnotique, sacré. Elle rêvait dru, sitôt la tête sur l'oreiller, dix heures par nuit.

Il y avait eu Noël – que signalent, à Soulac, une patinoire dressée sur la place Georges-Mandel, une vitrine ambulante dans laquelle six automates, deux ours et quatre pingouins, hochent la tête. La nouvelle année débuta chez Anne-So, qui revenait de vacances au Maroc avec un fez, un tambourin, une flûte, une robe cousue de piécettes que Célia enfila pour danser sur la table, au son d'un disque oriental.

Julien allait à la chasse le dimanche, en compagnie de son père et de son frère. Il emmena pour la première fois Maxime. Des heures de quasi-solitude – car il restait Célia à la maison – vinrent s'ajouter à d'autres, Sandrine découvrit qu'elle disposait largement de temps. Une simple constatation, qu'elle mit à profit pour bûcher son anglais.

Lorsqu'elle pensait à Arnaud, elle avait l'impression de se rendre au bout du couloir, où elle rangeait les affaires d'été et d'autres personnelles. Au lieu d'un tiroir en hauteur, elle atteignait le dernier regard qu'il avait eu, ses hanches. Elle avait été frappée par l'étroitesse de son bassin. Certaines femmes, ce sont les pieds, les mains. Sandrine était attirée par les hanches. Puis revenaient des lambeaux de phrases, « Rayon vert », « C'est facile de vivre à côté de vous »... Si seulement ce genre de mots avaient été prononcés par Julien, dans une moindre mesure, par Maxime ou Célia... Croyaient-ils qu'elle pouvait tous les jours pousser la charrette sans un seul compliment ? Elle ne voulait pas attendre la Fête des mères pour qu'on la remercie d'exister. Arnaud l'avait touchée. Elle ne se répétait pas « Je me suis senti bien avec vous » sans éprouver elle-même de la gratitude et l'envie d'être à nouveau l'objet d'une sollicitude.

Elle rêvait souvent que gisait en elle un trésor inexploité, qu'un événement ou une personne révéleraient, puis mettraient en valeur. Il fallait bien que ce fût le cas, puisque aucune des qualités dont elle se croyait détentrice ne rapportait d'argent. Et l'argent est une preuve. Elle en profiterait pour effacer les soucis du front de Julien. Certains jours, cela lui tenait lieu de soleil, d'avenir. À d'autres, son handicap la désespérait. Comment expliquer autrement cette cassure entre vouloir et ne pas pouvoir ?

Elle avait recherché sur Internet l'agence Olympia (elle n'avait pas aimé la façon qu'il avait eue de prononcer ce nom), vu quelques-unes des photos d'Arnaud sur le site. Des portraits d'acteurs, de personnalités dont elle ignorait la fonction. À *Marie-Luce*, par choix, il n'y avait pas de télévision. Mais en songeant qu'Arnaud avait connu des célébrités, sa propre insignifiance lui fit honte. Aucune gloire ne brillait à proximité, sinon Arnaud en personne, le fils de – qui, au fait ? Elle n'avait même pas été curieuse de savoir son nom, *a fortiori* celui de son père. Âne obtus. Pourtant, elle lisait, elle votait, elle avait des convictions. « Ce sont des petites bêtes comme moi, se disait-elle, qui pèsent sur la terre et l'empêchent de tourner follement. »

Un matin, elle trouva au courrier une enveloppe d'un format inaccoutumé, barrée d'étiquettes. Heureusement, elle était seule. Elle se rendit à la cuisine pour l'ouvrir avec un couteau, sortit cinq portraits. Elle éprouva un peu de dépit en comprenant qu'elle ne les montrerait à personne. Voyait-on que le photographe était amoureux d'elle ? Oui, dut-elle convenir en rougissant. Les photos étaient magnifiques.

Il n'avait pas joint de mot. Un tampon au dos de

l'enveloppe et des tirages indiquait seulement Arnaud Perudo, rue de Bretagne, dans le troisième arrondissement. Pe-ru-do, répéta-t-elle, Père Oudo ou Père Udo? Elle glissa précipitamment l'emballage sous un buffet où, à moins de balayer, on ne le dénicherait pas. Vers la fin de l'après-midi, avant de rejoindre d'autres mères à l'école, elle récupéra l'enveloppe, vérifia son contenu et lui trouva une cachette moins indigne. Au fond du couloir, sous les affaires d'été.

L'avaient surprise un pli dans le cou, une épaisseur sous le menton, un arrondi des joues. Combien pesait-elle lorsqu'elle s'était mariée? Cinquante kilos. La balance indiquait huit de mieux. Elle en perdit six. Ce n'est pas facile, l'hiver. Elle cultiva, au creux de l'estomac, sa faim comme un aliment. Julien faillit avoir une remarque, un soir qu'elle se déshabillait, et de ne l'avoir pas eue flotta près du lit un instant. Elle n'aurait peut-être pas été obligeante. Depuis un peu de temps, Julien paraissait enragé contre tout, sans qu'elle pût l'atteindre autrement qu'en se faufilant dans des chicanes.

Manou organisa un soir un tarot à l'hôtel. Elle prit Sandrine à part pour lui chuchoter:

– C'est un amant ou une dépression nerveuse?

– Comment me trouves-tu? répondit Sandrine.

– Ça te va bien. Qui doit-on remercier? Pas le grand diable de *La Médulienne*, j'espère?

Sandrine leva les yeux en haussant les épaules. Manou

l'observait attentivement, son regard démentait l'ironie de sa question.

– Au fait, tu n'as plus de nouvelles ? demanda-t-elle encore.

Sandrine remercia intérieurement Arnaud de ne pas avoir écrit. Mentir était difficile. Avec Manou, hors d'atteinte.

– Silence total, dut-elle reconnaître.

Cela commença, au début de février, le mois le plus rigoureux, par un article dans *Sud-Ouest* : « Jacques Gamblin passe le bac. » La photo du quotidien montrait le comédien en compagnie du réalisateur, Charlie Perudo. À l'arrière-plan, on identifiait un fragment de platane, de puits, une fenêtre de *Campardon*. Des quelques lignes qui suivaient, il ressortait que le tournage avait débuté.

« Pour tes débuts de guide indépendante, avait dit Julien, il est permis de penser que tu ne te débrouilles pas très bien. » Il avait appris que *Campardon* était loué trois mille euros la journée. Que Sandrine n'eût pas touché de prestation, une commission – au moins, par politesse, un cadeau – accréditait son désespoir à l'égard des *gavays*, des étrangers.

– Ces gens-là ne savent pas vivre.

Anne-So s'y était mise :

– Ce que je ne comprends pas très bien, c'est qu'il

ne t'invite pas à leur rendre visite. C'est désinvolte, non ?

– Tu dis ça parce que tu aimerais y aller.

– Bien sûr. Tu as déjà vu un tournage avec Jacques Gamblin, toi ? Vous vous êtes quittés fâchés ou quoi ?

Le 17 février, un jeudi, son portable lui délivra le message suivant : « Bonjour Sandrine, ne vous étonnez pas de ne pas avoir eu de nouvelles. Je vous expliquerai, ou plutôt, vous comprendrez vous-même si vous venez à la ferme, demain à dix heures. Je vous préviens : vous êtes attendue. Je serais volontiers venu vous chercher, je crois que cela vous ennuierait plutôt qu'autre chose. »

Sandrine écouta plusieurs fois la voix qui dressait les poils de ses avant-bras et granulait sa peau, avant de l'effacer. Le vendredi était un jour d'école, personne ne lui demanderait son programme jusqu'au moment de reprendre les enfants.

Quand elle s'engagea dans l'allée de tamaris, elle se sentit moins émue que fière. À qui devrait-on, dans trente ans, dans cinquante, de revoir ce coin de Gironde à l'écran ? Elle n'était qu'un petit caillou, certes, mais les petits cailloux peuvent provoquer de grandes choses. Le cul d'un imposant camion l'empêchait presque de passer, sur le chemin que traversait un machiniste avec un projecteur. Et s'il était arrivé, le moment dont elle avait rêvé, le déclic, cette adéquation entre un désir et son résultat ? Le ciel roulait les mêmes nuages qu'à leur première visite, verdâtres, menaçants. Dans cette lumière où le matin se mélangeait au soir, elle fut frappée par le vif éclairage de la cour. Une nappe y flottait au vent, sous un buffet dressé. Plusieurs personnes l'observaient derrière. Déjà, Arnaud accourait. Malgré le froid, il était en bras de chemise. Il portait une ceinture de charpentier en cuir d'où dépassaient des outils et toucha sa main pour l'aider à sortir de voiture.

– Vous êtes ponctuelle, dit-il. C'est formidable !

Ils l'attendaient *vraiment*, près des cafetières et de la viennoiserie intactes. Charlie Perudo, maigre, voûté, chaussé de bottes de cow-boy, prit solennellement la parole. « Il faut que je vous remercie au nom de tous, madame. Votre décor inspire les comédiens. »

Il y avait là une actrice dont le nom passa trop vite et que Sandrine ne put retenir. André dit « Patator », opérateur de prises de vues. De nombreuses personnes trouvaient le buffet sur leur chemin et la saluaient avec entrain. Manquait Jacques Gamblin, parti faire un tour en vélo. D'un coup, sans que Sandrine perçût un signal, sinon que Charlie Perudo s'était retourné en direction de la grange, il n'y eut plus personne. Arnaud s'éloignait aussi, après lui avoir étreint le bras :

– Restez avec nous.

On tâchait par tous les moyens de se chauffer à

Campardon. En passant de pièce en pièce, dans la maison, Sandrine eut l'impression qu'une fête de ribauds se préparait, ou qu'un groupe de rock'n roll prenait ses quartiers, tendant les mains au-dessus des feux de camp improvisés dans les cheminées. Elle s'enquit du sort des propriétaires, ils logeaient chez leur fils.

Autour de la grange, habillée d'un patchwork de plastiques rigides tendus sur des cadres, régnait l'animation paisible des campements le matin. Elle n'osait s'approcher de la ruche dont l'éclairage intérieur, par les interstices, laissait deviner ici aussi les prémices d'une noce. Le portail avait été réduit aux dimensions d'une porte devant laquelle chacun marquait un temps d'arrêt, avant d'ouvrir avec lenteur pour ne pas déranger. Sandrine contourna le bâtiment par les hautes herbes et trouva ce qu'elle cherchait. Le mur qui donnait sur la lande ne possédait que quelques ouvertures masquées à la hâte. Le plastique de l'une d'elles s'écornait dans le vent.

Elle tomba immédiatement sur Arnaud, mains aux hanches, sa ceinture de charpentier lui plut à nouveau. Il assistait un preneur de son, juché au-dessus d'une poutre. Elle ne pouvait apercevoir, en plaquant son épaule contre le mur, qu'un bout de plateau. Pas les comédiens, hélas ! mais le dos des techniciens. Elle prenait cependant note de tout, en vue d'un rapport qu'elle commençait déjà à rédiger à l'attention d'Anne-So.

Au bout d'un temps, lorsqu'elle en eut assez d'attendre

– tout le monde attendait, là-dedans, on ne savait quoi, et qui ne venait pas –, elle se retourna face au marais, peigné par rafales. Là-haut, une buse essayait en vain de se stabiliser, perdant l'équilibre d'une aile, puis de l'autre. Sandrine n'était pas habituée à croiser tant de personnes, la tête lui en tournait un peu. Une vague nausée l'envahit jusqu'à ce qu'elle comprenne que ces gens la renvoyaient, chacun dans leur métier, à sa propre incompétence. La campagne l'apaisait, grand-mère bienveillante.

À peine eut-elle franchi la limite de la cour, Arnaud lui sauta dessus.

– Où étiez-vous ? (Il ne lui laissa pas le temps de répondre.) Est-ce que nous pouvons profiter de votre voiture pour accompagner quelqu'un en gare de Lesparre ?

Un jeune stagiaire les rejoignait, porteur d'un élément de caméra hors d'usage. Arnaud fit un pas en avant et se pencha vers elle pour murmurer :

– Dites oui. Je n'ai trouvé que ce moyen d'être avec vous.

Au chaud dans son Audi NSU, attendant en compagnie de son mari que les trois wagons de la ligne apparaissent le long du quai, Simone Darbeau, cousine germaine de Francine Laguibson, la mère de Julien, vit la Fiat se ranger sur l'emplacement voisin. Sandrine en sortit, inclinant le dossier de son fauteuil, pour laisser le stagiaire descendre. Un autre homme de la même espèce – c'est-à-dire pas d'ici – se dépliait du côté passager. Simone Darbeau toucha l'épaule de son mari :

– Regarde qui est là. Elle travaille l'hiver, maintenant ?

Une bruine se mit à tomber au moment où, après un signe de la main au voyageur, ils refermaient les portières sur eux.

– Où est-ce qu'il fera réparer ça, à Bordeaux ? demanda Sandrine.

– Il reprend le train pour Paris.

Ils se turent tous deux et restèrent gênés. Ils n'osaient pas se regarder, Arnaud lissait le vide-poche de l'index, ce fut Sandrine qui demanda :

– Bien, où va-t-on maintenant ?

– À l'hôtel, dit Arnaud.

– Vous avez des affaires à prendre ?

– Vous m'avez très bien compris.

Sandrine releva le menton.

– Et si je ne voulais pas ?

Idéalement, elle aurait adopté un ton dégagé, ironique, maître de la situation... L'écho de sa voix suraiguë flottait encore près du pare-soleil.

– Écoutez, dit-il, vous êtes une grande fille, c'est à vous de décider. Pas à moi, pas à votre mari, ni à votre mère, ni à sa tante... Vous avez l'âge requis pour vous faire plaisir, et vivre votre vie.

« Pour moi, je ne peux plus attendre. Le temps

m'a semblé long depuis novembre. J'aimerais vous raconter ça les yeux dans les yeux, sans être dérangé.

– Vous êtes à quel hôtel ?

– Celui de Saint-Christoly, près du chenal où je vous ai photographiée, vous vous rappelez ? Le plus drôle, c'est que les gens qui le tiennent ont connu mon père autrefois.

Elle esquissa un geste de dénégation qu'il coupa net :

– Il n'y a que deux chambres à l'étage. Charlie occupe l'autre. Elles possèdent une entrée indépendante. Jusqu'à quinze heures, le personnel sera occupé au restaurant. J'ai repéré un chemin à proximité, où garer votre voiture sans qu'on la voie.

– Vous avez tout prévu…

– Sauf votre réponse.

Ils se cachèrent dans un bouquet de mimosas secoués par l'averse, vérifièrent que personne ne sortait du restaurant, avant de gagner en quelques enjambées une porte dérobée. Arnaud la referma derrière eux et, ôtant la clé de l'anneau, laissa par précaution cette dernière dans la serrure. L'escalier formait un coude. La chambre de Charlie Perudo restait ouverte sur le palier, le ménage avait été fait. Sandrine ferma les yeux, la joue appuyée dans le dos d'Arnaud qui ouvrait un dernier verrou. « Rien qu'une fois », se répéta-t-elle, comme une prière, comme une excuse et comme un droit.

Chapitre 7

Le week-end suivant, elle s'installa en cuisine, se rendit de bonne grâce chez ses beaux-parents, multiplia les attentions délicates envers Julien, Maxime et Célia. Elle craignait de trop en faire et d'éveiller les soupçons, tant son cœur débordait à leur égard. L'hiver endormait aussi la lucidité ? Il lui semblait qu'elle n'avait plus su à quel point elle les aimait. Comment ne s'était-elle pas rendu compte, par exemple, que Maxime, son fils, son *drolle*, mendiait depuis des jours sinon une approbation, du moins une absolution de sa part ?

Elle avait craint ce moment où il irait à la chasse. Elle gardait pour elle, dans son jardin privé, que les oiseaux sont parmi les créatures les plus délicates, les plus musicales, les plus vives et les plus colorées. Qu'on assassinait avec eux la finesse et la beauté.

Elle avait cru que Maxime, ses grands yeux, ses lectures, sa sensibilité…

Il avait été attrapé en une fois, la première. La lumière de l'aube sur le marais, l'odeur de la hutte inconfortable et dépouillée. Le bruit que font les hommes entre eux, peu de paroles et les gestes sont affectueux. Immobile, il s'était transformé successivement en nuage, en roseau, en flaque miroitante, jusqu'à éprouver le sentiment d'être rien, ou bien tout. C'était à ce moment-là qu'il avait *vu* le gibier.

Sandrine récapitulait à présent les gestes malhabiles que lui avait adressés son fils, auxquels elle était restée insensible. Elle épata Julien en lui proposant, le samedi matin, de préparer le repas du dimanche midi, chez les beaux-parents Laguibson, au retour de la battue. Ce jour-là resterait dans les mémoires, où Maxime, qui se contentait pourtant de suivre les adultes, fut intronisé « roi des chasseurs ». Les plats de Sandrine étaient savoureux. Puisqu'elle s'abstenait de condamner les souvenirs de gibier, le clan osa se déboutonner. Les rires, les exclamations fusèrent bientôt si chargés d'affection que quelques-uns l'atteignaient comme des ballons en pleine poitrine. Au dessert, les grands-parents ressortirent une couronne d'épiphanie dont on coiffa Maxime, roi de la fête. Julien rayonnait.

C'était souvent devant une vitre mouillée que surgissait un instant d'absence. Au-delà, un cargo à coque orange, pont et château blancs, glissait au milieu du chenal de Grande Navigation, sur la Gironde, tandis que la bruine se réunissait en gouttes, puis en traînes sur la fenêtre de l'hôtel. Elle s'était recouverte du drap en sortant du lit. Une épaule restait nue Chaude d'avoir été caressée longtemps, elle formait un contraste délicieux avec le frais du carreau contre lequel elle appuyait la joue.

Elle n'osait se retourner en direction du lit, où gisait le corps d'Arnaud, ses membres desséchés, ses muscles longs. Ce que c'est vaste, un homme ! Commençons par observer en douce le plus proche, la plante des pieds. Cette dernière était beaucoup plus claire que le reste de la peau. Ce détail lui plut. Et quels pieds ! « Il devrait mettre des bottes de cow-boy, se dit-elle, comme Charlie Perudo. »

– Tu veux voir la chambre de mon père ? demanda-t-il au même moment.

Elle eut l'air étonné, il expliqua :

– J'avais cru surprendre de la curiosité tout à l'heure, sur le palier...

Ils montèrent une expédition d'enfants déguisés en fantômes, gare à qui ferait du bruit, pour se rendre dans la pièce voisine. Son père avait décroché les gravures des murs et les avaient fourrées dans un coin où elles étaient encore.

– Détail intéressant, nota Arnaud. Mon père les

enlève quand il arrive, le personnel les remet lorsqu'il s'en va. À cette heure, elles devraient être suspendues. Y a-t-il une paix des braves ?

Sandrine enregistrait, posées près du lit, impeccablement cirées, défense de toucher, une paire de bottes de cow-boy. Une vingtaine de volumes, divisés en deux piles, occupaient le plateau d'une commode. De tout genre, biographie, album, constata-t-elle en ayant l'impression d'être la première à les ouvrir, à les feuilleter. Cela lui parut le comble du luxe.

De retour dans leur chambre, il entreprit de lui raconter, allongé sur elle sans peser, les yeux dans les yeux comme promis, les occasions où avait jailli son visage, à Paris, ailleurs ; des rêves nocturnes dans lesquels elle entrait ; les grottes tapissées d'algues où son imagination de photographe la contraignait à poser. « Sandweïne, l'appelait-il. La reine du sable, en anglais. »

– "Sand", d'accord, mais "-rine" ?

– Reine avec l'accent anglais.

– Ce n'est pas de l'anglais.

– C'est mi-chair, mi-poisson. La reine du sable est un peu poisson.

– Je me suis remis à la photo, avait-il dit encore. J'en ai fait quelques-unes sur le tournage. Je n'y croyais pas, ça revient. C'est de nouveau grâce à toi.

Elle lui avait posé quelques questions à propos de son

métier, de ses occupations, de Paris en général, un tir disparate, un curieux interrogatoire dont il avait guetté l'issue. Enfin :

– Tu sors avec quelqu'un en ce moment ?

Elle avait eu beau essayer d'adopter un ton dégagé, il avait ri, un rire qu'elle avait pu toucher à son passage sous le sternum. Déjà les mots avaient faibli entre eux, vidés de leur sens, s'envolant en direction du plafond de la chambre comme des baudruches dégonflées.

Elle s'était juré de dire quelque chose comme « Il ne faut plus que nous nous voyions ». Elle s'était rhabillée en fermant les lèvres sur « Et maintenant ? ».

Il avait répondu, du moins en partie :

– Je me suis battu comme un fou pour obtenir cet après-midi. Je vais en avoir pour quinze jours.

– Tu n'aimes pas ce que tu fais ?

– Je ne vais pas aimer être séparé de toi.

Dix heures du matin annonçaient pour Sandrine un temps de récupération. Après les petits déjeuners, les enfants à l'école, la vaisselle et l'aspirateur, elle s'octroyait une tasse, ou plus exactement un *mug* de chocolat sur lequel elle allait souffler, souvent dans l'encadrement de la porte d'entrée ouverte, une épaule contre le chambranle. Dans cette rue ne passait personne, même pas l'été. Quelques voitures… Le rideau de percale qui se levait parfois en face, elle les connaissait, c'est-à-dire qu'elle ignorait tout d'eux, un couple de retraités, festifs les jours où venaient leurs enfants et petits-enfants. Renfermés le reste du temps, seule une rencontre inopinée les contraignait à saluer. Sandrine ne pensait pas sans tristesse qu'il en serait sans doute ainsi jusqu'à la nuit des temps.

Son portable résonna à l'intérieur de la maison dans un boucan, lui sembla-t-il, de cloches à Rome. À cette heure-là, personne n'appelait. Elle s'en voudrait plus tard de ne pas avoir éprouvé d'inquiétude envers les siens. C'était lui.

– Je te dérange ? demanda-t-il.

– Tu tombes dans une pause.

– Entre quoi et qu'est-ce ?

– Aspirateur, et encore aspirateur, je crois.

– Ah !

Elle entendit du désappointement.

– Pourquoi m'appelles-tu ? demanda-t-elle.

– À bien y réfléchir, pour t'entendre fondre au son de ma voix. Mais le désir à distance étant une chose rarement partagée… (il se racla la gorge). En même temps, tu me rends service. Je me demandais si c'était une bonne idée, de téléphoner. Elle n'est pas fameuse, puisque je me fais du mal.

Il y eut un assez long silence, puis :

– Attends ! cria-t-elle, car elle sentait qu'il allait raccrocher.

– Oui ?

– Je t'embrasse, dit-elle.

– Moi aussi.

Chapitre 8

Le jardin secret de Sandrine ressemble à un potager laissé à l'abandon, ceint de murs dont les pierres se descellent et les sommets s'effritent. Quelques arbres donnent des fruits sauvages. Elle y pénètre par une grille rouillée. Elle abrite là ce dont, le voudrait-elle, elle ne pourrait parler. Les couchers de soleil à l'heure où elle rentre seule en voiture de son travail. Le souvenir de ses accouchements (ils se sont bien passés). *Campardon* investi par le tournage. Les bottes de Charlie Perudo. Arnaud en tenue d'Adam. Autour de lui, l'herbe est fauchée afin d'accueillir de futures images.

Ces murs délabrés, elle décida de les surélever. De les hérisser de barbelés, même. Elle mentirait à tous crins. Dès qu'il s'agirait de lui, d'eux. Rien ne devait échapper, ce serait trop grave.

Elle avait lu autrefois, sous la plume de sa fiancée, le récit d'un bandit en cavale. Ce dernier lui avait appris à le renier, à se parjurer, lui avait fait répéter jusqu'à épuisement « Je ne sais pas » lors d'interrogatoires simulés. Existait-il des mensonges parfaits, ainsi que des crimes parfaits, des évasions réussies ?

Les quinze jours durant lesquels Arnaud travaillait filèrent à une vitesse inattendue. Le seizième, Sandrine s'étonna de ne pas avoir reçu de coup de téléphone ou de message. Le dix-septième et tous ceux qui suivirent lui parurent pénibles à gravir.

Anne-So avait gardé la nouvelle pour la bonne bouche :

– Tu sais qui est en ville ?

– Non, répondit Sandrine.

– Arnaud.

Sandrine eut un réflexe qui l'étonnerait ensuite. Elles étaient assises dans la cuisine. Elle regarda par la fenêtre comme s'il avait pu à ce moment-là longer le jardin.

– Tu l'as vu ? demanda-t-elle sans quitter la vitre des yeux.

– De loin. Je ne savais pas quelle attitude adopter.

Anne-So guettait les réactions de son amie. La détente nerveuse d'une jambe, sous la table, ne lui avait pas échappé.

– Il ne t'a plus rappelée ?

– Pourquoi voudrais-tu qu'il fasse une chose pareille ?

– Peut-être qu'il s'ennuie seul, le soir, après le tournage…

– Fini, le tournage. Ils sont partis.

– Eh bien, comment le sais-tu ?

Sandrine haussa les épaules.

– Blablabla, la rumeur… dit-elle.

– Vous n'avez pas gardé le contact ? insista Anne-So.

– Non.

C'était un « non » brutal, catégorique et disproportionné. Anne-So inclina rêveusement la tête.

– Ne me regarde pas comme ça, reprit Sandrine.

– Comment je te regarde ?

– Je ne suis pas une enfant.

– Ah bon ? On dirait que tu as de la confiture partout et que tu ignores où se trouve le pot.

– Ne me traite pas comme ça !

– Tu réalises que tu es en train de crier ?

D'amusé, le ton d'Anne-So était devenu glacé.

– Tu ne m'as jamais menti, reprit-elle. J'en conclus que c'est important, ou grave. Et tu me laisserais me débrouiller avec ça ?

– Non, admit Sandrine.

Il y eut un assez long silence, puis :

– Vous allez… Vous voulez… vivre ensemble ? demanda Anne-So, subitement effarée.

– Il n'en est pas question pour le moment.

Une heure plus tard, elles avaient glissé des chaises de cuisine au canapé du salon, et épuisé quelques-uns des prolongements possibles de la situation :

– Tu es heureuse, au moins ? demanda Anne-So.

– Je perds la tête, c'est différent.

Un mouvement d'Anne-So avait créé un espace libre entre son sein et son épaule, Sandrine ne résista pas à l'envie d'y enfouir son front. Anne-So lui caressa les cheveux.

– Est-ce que tu sais que tu peux compter sur moi en toute circonstance ? demanda-t-elle. Je veux dire : je ferais n'importe quoi pour toi.

– Merci ! souffla Sandrine.

Il y a mille façons de répondre, songeait Anne-So, parmi lesquelles son amie n'avait pas choisi la plus rassurante. Elle entendit son propre cœur cogner d'inquiétude.

Arnaud n'appela que le lendemain matin, un mardi. Ils se coupaient mutuellement la parole, n'achevaient pas leurs phrases, maladroits, se heurtant avec les mots comme avec des dents. Enfin, il lui donna l'adresse d'un motel ouvert hors saison, à Vendays.

– Rejoins-moi. Ce sont des bungalows. Le 11.

Trente minutes plus tard, elle fonçait sur la nationale 215, qui partage le Médoc en deux, les vignes et les *mattes* d'un côté ; de l'autre, les pins et les *chablis* (des bois laissés en friche). Elle ralentit en songeant à un accident. Défilaient des visions d'elle évacuée par les pompiers de Vendays (elle en connaissait certains), jupe retroussée. Elle avait enfilé des sous-vêtements choisis.

Par la fenêtre restée ouverte, malgré le rideau orange qu'un souffle d'air tiède agitait parfois, pénétraient les senteurs balsamiques du *grépin,* le tapis de pinède. La lumière filtrée par le tissu, dans le bungalow, rappelait à Arnaud des souvenirs de Sud. Une allée fleurie à Bormes-les-Mimosas. Un village de Corse. Une ruelle à Naples, à Nice, à Marseille. Il évitait de frôler le corps allongé près du sien, qu'une pression du doigt suffisait à émouvoir. Il revenait de Taïwan, un reportage photo, dix jours, pour une chaîne d'hôtels. Sitôt à Paris, il avait emprunté une voiture, traversé la moitié de la France, pris le dernier bac et s'était retrouvé à Soulac sans avoir eu le temps de réfléchir. C'était là qu'Anne-So l'avait aperçu.

– C'était bien, Taïwan ? demanda Sandrine d'une voix assourdie.

Il n'eut pas envie de répondre – l'aurait-il fait, il aurait dit qu'il était heureux que les affaires reprennent, qu'aucun pays ne valait pour l'heure les deux mètres autour d'eux.

– Et toi, tu as voyagé souvent ? éluda-t-il.

Elle avait été en Espagne plusieurs fois, Bilbao, Santander, près de la frontière... En Angleterre, durant un mois, cela remontait au lycée. Pour leur lune de miel, Julien et elle avaient voulu aller au Brésil, et puis...

– Qu'est-ce qui vous en a empêchés ?

– La dépense, dit-elle. Nous remettons le projet à l'an d'après. Nous irons quand nous serons vieux.

– Vous ne partez pas en vacances ?

– La plage est en contrebas, l'océan change chaque jour...

– Vous pourriez avoir envie de décrocher.

– De quoi ? Le travail est difficile à trouver. Et puis Julien n'aime pas sortir du Médoc. Il pense qu'ailleurs les gens sont fous.

– Ce n'est pas partout pareil en province ? hasarda Arnaud.

– Tu ne connais pas les Médoquins...

– J'en connais une.

– Ni mes parents ni moi ne sommes nés ici. Je n'ai pas été en classe avec le facteur, je n'ai pas fait de vélo avec les voisines...

– Raconte-moi ton mariage.

– En quoi ça t'intéresse ?

– Tu avais rêvé de te marier ?

Au bout d'une minute, emportée par son récit, elle peignit ce jour, la parentèle, les robes, avec tant de fougue et d'attendrissement qu'Arnaud se retrouva dans la peau d'une jeune épousée. Enfin :

– À ton tour, dit-elle. Parle-moi de ton père.

– Qu'est-ce qu'il a, le vieux Charlie ?

– J'ai la chance de connaître un membre de ta famille.

– C'est compliqué...

Quelques centaines de séances d'analyse, disait-il, lui permettaient à présent d'y voir plus clair, de s'exprimer avec distance, de moins souffrir. S'il fallait d'abord savoir une chose, à propos de Charlie Perudo, c'était sa passion monomane pour les États-Unis. Il avait ramené des monts Ozacks, dans le Missouri, Kate, une adolescente belle, simple et gentille, qui aurait dû devenir fermière, entourée d'enfants et d'animaux. Paris l'avait coupée comme une fleur sur sa tige, la laissant seule, désemparée, exclusivement préoccupée, puisqu'il s'agissait de son unique interlocuteur, de satisfaire en tout Charlie. Ils parlaient américain entre eux ; elle n'apprenait pas le français. Elle préférait l'attendre plutôt que descendre dans la rue où son ingénuité déclenchait des malentendus.

Deux années presque de bonheur avaient suivi la naissance d'Arnaud, puis les événements s'étaient dégradés. Charlie s'absentait de plus en plus souvent, des mois entiers parfois. Sans doute aurait-elle dû prendre son fils sous le bras et rentrer au pays, mais Charlie avait inventé, pour ne plus subir de crises de larmes ni de reproches, de ressortir avec elle aussitôt qu'il revenait. Il la saoulait dans des fêtes et lui promettait ce qu'elle voulait entendre. Il l'abandonnait le lendemain à l'indécision, à l'enfant, après avoir rempli le bar. Arnaud se souvenait d'elle en chaussons et robe de chambre, à la sortie de l'école, prise d'une panique qu'il lui soit arrivé quelque chose. Elle avait suivi des cures de désintoxication – voilà ce qu'évoquait pour lui le mot « vacances », « Ta maman est partie en vacances » –, avait été internée à deux reprises, avant de se suicider. Un simple appel au secours, un signal, une tentative d'opérette. Parce que Kate était maladroite, elle avait abouti.

– Tu avais quel âge ? chuchota Sandrine.

Elle lui caressait les cheveux dans un geste apaisant.

– Huit ans, répondit-il.

Enfance, puis adolescence dans un pensionnat de Clamart. Charlie l'en avait retiré et l'avait installé chez lui, en se découvrant sur le tard une vocation de père. Arnaud avait dès lors utilisé tous les moyens à sa disposition pour lui bousiller l'existence.

– J'étais son délinquant à usage personnel, disait-il. Fugues, chantage, pillage.

Après avoir dépassé tous les stades, franchi toutes les crêtes, leurs rapports s'étaient enfin stabilisés, chacun comprenant que l'autre était ce qui lui restait de famille. Selon un mode de vie poussé sur les décombres, ils se donnaient maintenant le bras comme l'aveugle à l'unijambiste.

– Je suis résilient, dit-il. Tu sais ce que c'est ?

– Je crois.

– Je touche le fond avant de rebondir. Quand je t'ai rencontrée, j'étais dans le *schwarz*, tu n'as pas idée de ce qu'on endure là-bas.

Il claqua des doigts pour réveiller Sandrine, plongée dans le même noir.

– Tu n'as pas faim ? demanda-t-il.

Ils traversèrent en catimini la langue herbeuse et plantée d'arbrisseaux qui les séparait du parking. On avait prêté à Arnaud un véhicule d'un autre âge, un coupé Ford des années soixante-dix, un bijou pour l'amateur. Les fauteuils laissaient échapper l'odeur des vieux rembourrages chauffés. Sandrine portait un fichu jaune, des lunettes noires lui mangeaient la moitié du visage. Tout à fait dans le style, pensa-t-elle. Elle était curieuse de circuler à la morte-saison, en touriste dans une voiture immatriculée 75.

La brise ramenait avec elle ce qu'elle avait trouvé sur l'océan, pas grand-chose, trois nuages échappés d'un peloton perdu, le bleu du ciel était presque cruel. Ils s'arrêtèrent à Montalivet, une station balnéaire tombée dans une sieste profonde. Un marché s'achevait sous une halle, où Arnaud acheta des pommes, du raisin luxueux en cette saison et de l'eau. Sandrine l'attendait dans la Ford, prête à se jeter sous le volant si elle reconnaissait quelqu'un.

Elle voulait lui montrer une grande plage sauvage, un peu plus loin. Ils roulèrent le long de pinèdes où étaient enfouis un centre de naturisme, un camping désert. Après des parcelles d'abattage de bois, Sandrine lui indiqua une piste carrossable, sur le côté.

Il fallait verrouiller la voiture, marcher un peu avant d'atteindre l'océan. Ils traversèrent une lande sous les pins où jouaient des taches rousses. Ils reconnurent d'abord la dune à son parfum d'immortelle et de panicaut, avant de la découvrir, passé un dernier taillis. Elle s'étalait contre le ciel, couleur de peau qui prend l'air pour la première fois. En marchant, ils se touchaient involontairement de la cuisse, de la hanche et, n'osant rompre le contact, inventaient des danses compliquées.

Elle prit un peu d'avance pour arriver la première en haut d'un éboulement où l'Atlantique saute d'un coup à la figure. Quand il parvint lui aussi au sommet, essoufflé, enchanté, elle fut la proie d'un léger vertige. D'ici avait été effectuée la photographie encadrée au-dessus de la porte de la cuisine, où figurait sa famille. Deux mondes se superposaient. N'était-elle pas en train de corrompre le premier en y introduisant l'image du second, ce profil découpé sur le ciel, avec sa pomme d'Adam saillante ? Et pourrait-elle, demain, regarder sans arrière-pensée Julien, Maxime et Célia s'ébattre au même endroit ? Les lieux que nous aimons nous appartiennent en propre, se persuada-t-elle. Ils abritent nos histoires inaliénables, intransmissibles. Elle enrichissait la sienne, voilà tout. Et, par pitié ! que sa mauvaise conscience ne vienne pas, en plus du reste, l'en empêcher !

Ils descendirent sur la plage. La marée montante renforçait la puissance et la hauteur des vagues ourlées de salive. Elles attaquaient le rivage dans une détonation suivie d'un crissement de galets. Des flaques miroitaient, aussitôt bues par l'or du sol. De loin en loin, des blockhaus, autrefois solidaires du Mur de l'Atlantique, vaincus par l'érosion de la dune, avaient roulé à la limite des flots. Le soleil, les crénelant d'ombres franches, les transformait en kraks syriens, en fortins perdus dans le désert. Ils trouvèrent derrière l'un d'eux un carré de sable chaud, immaculé, épargné par le vent. Arnaud picorait du raisin, la nuque posée au creux du ventre, sous l'abri des seins de Sandrine.

– Je croyais que j'étais cassé, en morceaux, disait-il. Il ne me restait plus qu'à me noyer. Dès que je t'ai vue, j'ai su que tout irait de mieux en mieux. Écoute bien, je te l'ai déjà dit et je te le redis, merci.

Elle lui picora le bout du nez si vivement qu'il ne put s'empêcher de penser à d'autres manifestations charmantes, de la part d'autres femmes. Lui caresser machinalement l'avant-bras jusqu'à l'irriter. Jouer du piano sur le dos de ses mains. Quand le corps, oublieux de sa maîtresse, éprouve le besoin de marquer la tendresse. À ce détail, il lui fut désormais acquit qu'elle l'aimait.

– Tu peux m'appeler sur le portable, tu sais, dit-elle, ça ne me gêne pas.

– Ah non ! s'écria-t-il. Pas d'accord. Je ne tomberai pas dans le piège. Tout ce blabla pour rien. Le téléphone épuise l'envie. Je préfère m'en remettre au destin.

« Est-ce que tu ressens la même chose ? Quand je pense à toi, l'impression d'avoir faim, le ventre qui se creuse. Moins j'ai de nouvelles, plus le manque augmente. Jusqu'à nous revoir. À ce moment-là, ce n'est plus la faim qui domine, mais la soif. J'ai beau te boire, je ne parviens pas à l'étancher. Aurions-nous un ou deux jours supplémentaires, ce serait pareil...

Sandrine s'abstint de commenter.

– Quand repars-tu ? demanda-t-elle.

– Demain après-midi. J'ai du travail. Je suis content, les affaires reprennent.

– Quand reviendras-tu ?

– Je l'ignore. Je n'aime pas les rendez-vous longtemps à l'avance. Dans un mois, un mois et demi ? Je regarde dans ma boule de cristal, je nous vois au printemps.

Elle changea de position en ramenant ses jambes sous elle. Le prochain appui d'Arnaud serait plus précaire.

– Il va falloir que j'y aille, dit-elle. Moi aussi j'ai du travail.

Elle s'apprêtait à se lever, il lui attrapa le bras.

– Je te verrai demain matin ? demanda-t-il.

– Oui.

– Est-ce que ton mari se doute de quelque chose ?

– Je ne crois pas.

– Très bien. Il faut que cela reste ainsi.

– Pourquoi ? demanda-t-elle en échappant à une caresse.

– Pardonne-moi d'avoir un peu d'expérience. Tu t'imagines divorcée et séparée de tes enfants ? Obligée, pour les voir, d'en passer par la volonté de ton époux, lequel, de toute façon, te fera payer cher ton geste. À la moindre alerte, au moindre soupçon, oublie-moi. Tu ne m'as *jamais* connu. Adieu. Traîne-moi dans la boue, insulte-moi. L'effet est garanti. On pensera que tu as peut-être fauté, mais on sera sûr que tu n'es pas près de recommencer. Je dis ça dans ton intérêt.

Elle se tourna vers la dune frangée de bois flottés, de fragments de filets verts, de flacons en plastique. « Pardonne-moi d'avoir un peu d'expérience » en assombrissait l'éclat, comme si elle avait remis ses lunettes de soleil, ou qu'un nuage fût passé. « Oublie-moi. » Il était donc capable, lui, de l'oublier en une seconde, sur un claquement de doigts ?

Quand elle vit se faufiler, d'une vieille Ford à une Fiat blanche, la silhouette coiffée d'un foulard, Cynthia, seize ans, employée à l'hôtel depuis trois jours, crut reconnaître une démarche, une taille, une attitude. Elle en eut confirmation le lendemain matin. Il s'était remis à pleuvoir et, à la faveur d'une baie vitrée, elle regarda « la voisine du bout de la rue », à Soulac, se débattre entre une portière récalcitrante et un fichu qui s'envolait, différent de la veille. Par ailleurs, elle identifia formellement la voiture. La première chose qu'on avait exigée de Cynthia était la discrétion. De toute manière, à qui aurait-elle pu raconter que Mme Laguibson… ? Sinon à ses parents, à sa sœur, à ses tantes, à ses grands-parents, à ses cousins et cousines, à son fiancé, à la famille de ce dernier.

Chapitre 9

La saison de chasse était close. Cela n'empêchait pas, les dimanches, Julien et son fils d'aller guetter les mouvements du gibier. Ils repéraient les gîtes, les passages, les traces, l'augmentation de certaines colonies. Maxime s'entraînait au silence, à l'immobilité, et s'il arrivait que tous deux vissent, d'assez près, nicher des vanneaux et des palombes, sans les tirer, cela leur tenait lieu d'aventure pour la semaine. Ils demandaient habituellement à Sandrine de leur préparer un casse-croûte. Ce samedi-là, elle n'eut à s'occuper de rien. Ils concoctèrent eux-mêmes un pique-nique pour quatre, auquel ils convièrent « les femmes de la maison », le lendemain. Ils leur feraient les honneurs non du marais, mais de la forêt, des *chablis*.

Julien et Maxime ouvraient la marche, le dimanche matin, révélant des sentiers peu empruntés. Des iris sauvages jaillissaient de mares cachées dans le sous-bois, jaunes comme la chélidoine et le pissenlit qui poussaient en bordure des chemins. Sandrine cueillit un bouquet de violettes auquel Célia, qui tenait depuis leur départ le compte scrupuleux des baves de limace rencontrées, ajouta les fleurs mauves du trèfle. D'imperceptibles coups de vent, là-haut, à la cime des pins, décrochaient des nuages de pollen qui soufraient les alentours. Les promeneurs découvrirent des parcelles de lande où les ajoncs flambaient, et, à l'orée d'un bois, une bande d'oiseaux batailleurs, frétillants, exotiques. Des rouges-queues à front blanc, leur apprit Julien, arrivés récemment d'Afrique, lorsque les rouges-queues noirs, présents depuis un mois, ne provenaient que d'Espagne.

– J'ai l'impression de voir le printemps pour la première fois, dit Sandrine.

Ils s'asseyaient autour du pique-nique, à même le sol d'une clairière où les crosses de fougères étaient encore tendres.

– Merci, reprit-elle. Quel cadeau !

Elle pressa, bras écarté, la main de Julien à droite, celle de Maxime à gauche. Puis, pour ne pas laisser Célia en reste, franchit la nappe, enfouit le visage dans son cou, la picota de baisers sous les boucles. Elle parvint ainsi à masquer et à ravaler les larmes qui lui montaient aux yeux. Elle aurait pleuré, sinon, sur cette femme autrefois comblée, et qui n'était plus capable aujourd'hui que d'éprouver le besoin, un manque. Celui du créateur de ce printemps à fleur de peau.

Elle avait reçu une lettre :

Ma bien-aimée,

Je déroge à la règle que je m'étais fixée, ne pas te joindre sans pouvoir te toucher, pas de téléphone ni de message. Mais il pleut sur Paris, l'air est doux, je t'écris devant la fenêtre ouverte, le soir tombe au-dessus des lucarnes. Et j'ai envie de partager ce moment avec toi.

J'ai fait le point. Il n'y a que deux vœux que j'aimerais voir exaucés dans cette vie :

1) me réveiller avec toi un matin.

2) te regarder évoluer ici, dans cet appartement. Ma créature marine. Je suis sûr qu'à ton passage, des algues s'accrochent aux rideaux, je retrouverai du sable sur le plancher.

Ne serait-il pas possible – bientôt – d'allier ces deux souhaits les plus chers, et que tu me rejoignes ? Tu prétexterais un voyage, des parents, une amie… Nous pourrions marcher librement dans les rues, prendre des cafés et sortir tête haute ! J'aurais attendu de nombreuses fois d'être sur ce quai, quand tu descends du train.

Vingt-quatre heures ensemble, à Paris, est-ce trop demander, avant que tu recommences à travailler ? Tu y penses ? J'ai conscience de ma désinvolture au milieu de tes obligations, mais quelle fête ce serait !

Téléphone-moi à ce sujet quand tu voudras. Je te serre tellement fort.

Arnaud.

Elle avait extrait la grande enveloppe des affaires d'été, en avait sorti les portraits d'elle avant de leur adjoindre la lettre. Elle avait changé, convint-elle. Ce n'était pas qu'une question de poids, ses traits s'étaient affirmés depuis cet hiver. Un flou, une imprécision enrobaient encore son visage sur les photographies. L'aura d'une pureté. À peine ce dernier mot lui vint-il à l'esprit qu'elle conçut un regret violent et fugace.

Elle remit l'enveloppe à sa place, puis, estimant finalement la cachette peu sûre, la transféra au grenier, au milieu de factures archivées. Ce n'était pas non plus une bonne idée, par les temps qui couraient. Elle lui trouva un autre abri, sous le coussin crevé d'une chaise que Julien ne réparerait jamais. « Jamais ? » Y réfléchissant, un quart d'heure plus tard, elle remonta la jucher, en s'armant de courage, au-dessus d'un pilier où la légende familiale voulait qu'il y eût un rat, les yeux brillants, prêt à mordre.

Manou avait convoqué Anne-So sous couvert d'un thé dans les règles, *muffins*, confiture d'orange. Autour d'elles, tandis qu'il infusait, les ouvriers chargés de repeindre l'hôtel à neuf *débauchaient*, quittant le chantier. Les aquarelles, pirogues à Saint-Louis, rivages du fleuve Sénégal, avaient été empilées au pied des murs, sous des bâches transparentes. Anne-So, qui revenait de son travail à Bordeaux, portait une jupe fendue haut sur la cuisse, le boléro pétant de couleurs d'une danseuse de flamenco.

– Je connais le genre d'Arnaud, attaqua Manou. Des *cacalis*, des moins-que-rien.

– Allons ! Pourquoi une telle hargne ? demanda Anne-So. Arnaud a des qualités.

– Ah oui ? Lesquelles ?

– C'est un photographe, un artiste... Quand il te passe la bague au doigt, tu deviens reine de la forêt, ou de l'océan, tu vois ce que je veux dire ?

– Ça, une qualité ?

– C'est un étranger, les étrangers sont discrets.

– Je vois plutôt un naufragé. Il a attrapé une planche à proximité : Sandrine. Elle le porte jusqu'à la plage. Mais une fois qu'il a touché terre, que devient-elle ?

Anne-So releva un sourcil.

– Tiré d'un proverbe africain ?

– Presque, les naufragés étaient nombreux au Sénégal.

Or quelqu'un, à côté de Sandrine, réclame certainement plus de tendresse que ce joli monsieur. Il s'agit de Julien. On n'abandonne pas son mari dans la panade.

– Ma parole ! s'écria Anne-So. Tu es en train de la juger.

Manou venait de servir le thé, elle comprima ses mains dans un geste douloureux.

– Je ne peux que pardonner à Sandrine... gémit-elle. Mais qui viendra frapper ici à la moindre alerte ? Je suis la grande sœur de Julien pour tout ce qui la concerne. Qu'est-ce que je lui dirai quand il arrivera ?

– Pas la vérité, tout de même ? s'indigna Anne-So.

Manou haussa les épaules.

– Mon problème, c'est après, dit-elle. Je crois que je ne pourrais plus me regarder dans une glace. Je me sentirais moche. Salie.

– Passe au-dessus, fais un effort.

L'hôtelière s'affala en soupirant dans le fauteuil voisin.

– Écoute ce qui me préoccupe, dit-elle, baissant la voix. Je regrette beaucoup d'avoir insisté pour que Sandrine entre, ce soir-là. Je ne sais pas, eux, le coup de foudre, mais moi, j'ai entendu le tonnerre. Suivi d'un sentiment désagréable. Il ne me lâche plus depuis.

– Arrête, sorcière !

– Puisque je te dis que je connais le genre d'Arnaud...

– Il la quittera un jour ? s'emporta Anne-So. Et alors ? Elle s'en remettra. Pourquoi veux-tu l'empêcher d'être heureuse ? Tu ne te rappelles plus comment c'était ?

– Si ma mémoire est bonne, épouvantable. Dieu me préserve de souffrir autant qu'à l'époque. Je n'ai plus la force.

– A-t-elle l'air de souffrir ? Elle est resplendissante. Elle me fait penser à...

– Valérie ?

– Interdiction de parler d'elle.

– C'est toi qui...

– Je ne pensais pas à Valérie.

– Eh bien moi si, sans arrêt ! explosa Manou. Son amant aussi était un étranger.

– Par ici, avec qui veux-tu...

– On ne l'a pas interrogé après l'accident.

– On l'a interrogé. Tu le sais aussi bien que moi, c'est lui qui a donné l'alarme. Il avait une demi-heure de retard. On ne se suicide pas pour un lapin. Valérie s'est noyée.

– On ne lui a pas posé les bonnes questions... marmonna Manou.

– Si je remets un sou dans la fente, tu continues longtemps ?

– Tu ne m'ôteras pas de la tête...

– Ça suffit !

Anne-So venait de frapper du talon sur le sol.

– Puisque tu possèdes des superpouvoirs, tu ne préférerais pas leur jeter le bon œil, dis ?

Chapitre 10

Un mois s'était écoulé depuis la lettre sans que Sandrine eût reçu d'autres nouvelles d'Arnaud. Cela lui valait, après un coup d'œil à l'horloge de la cuisine, de constater que durant une demi-heure, elle était restée inactive, pétrifiée là où la rêverie l'avait prise. Elle reprenait ses esprits devant un tiroir, un placard, le plus souvent la fenêtre. Quel était le programme, déjà ? La pensée qu'Arnaud ne se manifesterait plus tant qu'elle n'aurait pas satisfait son caprice enrayait toutes les autres.

Elle s'étonnait, au sortir de ces absences, de ce que personne ne semblât remarquer son état. Chacun vaquait à ses occupations, auréolé par l'approche de l'été. Julien souriait davantage. Une bande de copains l'avaient associé à un projet exaltant, la création d'un parc régional. Le début des travaux coïnciderait avec le terme de sa mission d'Arcachon. On avait surpris

Maxime, censé jouer dans le jardin, s'éloignant le long de la rue en compagnie d'autres garçons. Pouvait-on l'en empêcher ? Sa mère, anticipant sur l'avenir, le voyait déjà avec une planche de surf sous le bras, bronzé, longiligne...

Célia menait une existence à part, indépendante de la famille. Elle exécutait avec grâce les gestes d'une petite fille, mais en poursuivant un but que personne ne pouvait connaître, depuis un bastion en retrait. Cela se traduisait, lorsqu'on lui parlait, par une détermination dans la prunelle et l'iris noirs. Un domaine à elle seule. « Nous saurons plus tard », affirmait Julien, confiant.

« À ce moment-là, nous pourrons l'aider. Célia ira loin. »

Un matin, les songeries de Sandrine avaient duré plus que d'habitude, elle se retrouva en gare de Soulac, achetant avec ses économies un aller-retour pour Paris, valable à la fin du mois de mai. Elle accepta avec une évidence semblable de recevoir, quelques jours plus tard, l'invitation d'une amie d'enfance, demeurée à Angoulême. Soit une étape sur la ligne Bordeaux-Paris.

Elle s'en ouvrit à Anne-So :

– Je pourrais refuser son invitation – le carton officiel... Et y aller tout de même.

– Qu'est-ce qui t'en empêche ?

– Julien veut un numéro de téléphone fixe. On ne sait jamais, dit-il.

– Je peux t'arranger ça. Une personne avec qui je travaille. Elle habite à Touvre, une poignée de kilomètres d'Angoulême, au vert. Je l'informe, elle me fera passer le message – si message il y a –, je te le transmets à mon tour. Ensuite nous aviserons.

– Pas mal.

– Je peux te garder les enfants. Avec plaisir. Tu n'as jamais vu Paris ?

– Un souvenir de tour Eiffel, j'étais petite.

– C'est beau, ça va te plaire. Il faut avoir vu Paris au moins une fois dans sa vie. Tu as prévenu Arnaud de ta visite ? Non ? Qu'est-ce que tu attends ?

Sandrine était tombée sur le répondeur. Il rappela la minute d'après.

– Comme d'habitude, dit-il. J'étais justement en train de penser à toi. Extraordinaire. Tu téléphones pile au moment où...

Julien fit mine de ne pas se réveiller, le matin où elle partit. Tout le temps qu'elle attendit à Soulac le petit train pour Bordeaux, elle s'apprêta à ce que son mari surgisse à côté d'elle. Le phénomène se reproduisit par bouffées dans le TGV pour Paris. Elle eut l'impression, à l'arrêt d'Angoulême, d'entrer en zone libre inversée, et ne respira qu'une fois les rochers, les vieux murs dans son dos.

Arnaud se tenait en début de quai, à l'heure précise d'arrivée, gare Montparnasse. Elle l'avait reconnu de loin. On ne voyait que lui, se disait-elle, un écueil dans le flot humain, avec sa silhouette gracile, ses jambes qui n'en finissaient pas, l'aigrette de ses cheveux rejetés en arrière. On ne voyait qu'elle, pensait-il, avec la délicieuse rougeur qui la colorait par avance, la vigueur dessinée de ses mollets sous une robe prête à s'envoler. Elle avait enfilé par-dessus un gilet vert amande d'institutrice, qui défendait de l'aborder, le temps de glisser d'un trou de souris à un autre.

Ils prirent un taxi pour gagner la rue de Bretagne. À compter du moment où, selon un protocole inconnu d'elle, Arnaud la poussa, s'engouffra dans le véhicule avant de la laisser s'asseoir, elle conçut deux secondes de décalage, un temps de retard qui durerait jusqu'au train du retour. Quand elle comprit qu'un marchand de légumes, après un clin d'œil complice à Arnaud, l'avait sifflée dans la rue de Bretagne, ils se trouvaient déjà à la porte du vieil immeuble.

La mansarde, au dernier étage, correspondait en tout point à l'image qu'elle s'en faisait depuis *Un Américain à Paris*, de Vincente Minelli. Comme dans le film, un ingénieux système de poulies reliait le lit au plafond. Une petite table carrée, une seule chaise. Les murs étaient creusés d'étagères, elles supportaient les objets de la vie domestique, grille-pain, fer à repasser, choisis pour leur format réduit – chaque objet était en réalité recherché.

Lorsque Sandrine ferma les yeux, elle eut l'impression de se retrouver au beau milieu de la rue, parmi les cris des maraîchers. « Et eux ne nous entendent pas ? » demanda-t-elle.

Il rouvrit la fenêtre, laissant l'air entrer, vers quinze heures.

– Habille-toi, dit-il. Nous allons sortir.

– Où ça ?

– Là où ma ville est belle. Le climat et le moment décident. Je lis dans l'avenir l'île Saint-Louis et nous mangeons une glace. Nous voici quai de la Tournelle, direction Saint-Michel. Je peux t'étreindre à chaque instant. Et nous avons encore cette nuit ! Merci tellement !

Il serra Sandrine dans ses bras à l'étouffer.

– Tu me gâtes... dit-il. Ah ! j'allais oublier... Nous fêtons ce soir un anniversaire.

– Lequel ?

– Celui de mon père. Je lui ai annoncé que tu étais dans le coin, il aimerait te voir.

– Charlie Perudo voudrait me rencontrer ?

– Pas exactement, répondit Arnaud, et elle discerna chez lui, pour la première fois, un tic d'agacement au coin de la bouche. Ça ne dérange pas que tu sois là, et je ne peux pas y couper.

– Oh, bien sûr... s'excusa Sandrine.

Anne-So l'avait prévenue: « Tu auras beau surveiller tes gestes, ils trahiront la cousine de province dont il aura honte. » À peine dans la rue, Sandrine eut une bouffée d'angoisse, la foule marchait sur elle avec rapidité. Contrairement à la prédiction d'Anne-So, Arnaud l'enlaça par-derrière, positionnant ses pieds près des siens. Ainsi purent-ils, dans cette position maladroite, effectuer ensemble quelques pas hésitants, constater que personne ne les heurtait, ni ne leur accordait d'attention. Elle remercia par un baiser d'être si doucement apprivoisée.

Sur l'île Saint-Louis, il la laissa acheter les glaces, l'observant depuis le trottoir d'en face. Elle avait gardé sur ses conseils sa robe légère, et se tenait droite sous son regard. Des touristes se retournaient, la prenant à tort pour *la Parisienne*, celle des années 1950. Ne lui manquaient qu'un chapeau *ad hoc*, songea-t-il, et des lunettes noires.

Elle n'avait pas emporté les siennes. Ils en dénichèrent dans un capharnaüm. Le boutiquier de l'île leur vendit en même temps l'un des dix galurins de son stock.

– Je vous reconnais, dit-il. Vous êtes des amoureux.

– Pardon ? demanda Sandrine.

– J'en vois entrer quatre ou cinq fois par an. Ils s'approchent du comptoir, tenez, comme vous. Aussitôt les objets posés dessus se mettent à chauffer. Vous ne voulez pas me croire ? Vous voyez le facturier qui est là ?

– Oui.

– Touchez.

Arnaud la regarda avec délices s'exécuter, puis s'empourprer quand le marchand éclata de rire.

Pont de la Tournelle, Arnaud lui raconta l'histoire de « l'homme du Pont-au-Double », un guérisseur, assis jadis sur une chaise près du parapet, qui endormait les maux des voisins du quartier en s'assoupissant lui-même. Sous les grands arbres surplombant les boîtes des bouquinistes, Sandrine, renonçant à comprendre le principe de la frénésie générale, moissonnait les taches de soleil sur le trottoir, la Seine aux reflets d'huître et, de l'autre côté, l'île de la Cité, Notre-Dame. Les noms, comme ceux des boulevards et des quartiers, rameutaient ses lectures et des souvenirs de films. Quand Arnaud lui désigna sur la rive opposée le sommet de la tour Saint-Jacques, où Pascal, disait-il, avait effectué des expériences barométriques, elle lui apprit que, dans le lacis des rues alentour, rôdait encore Nicolas Flamel, condamné au secret d'immortalité.

Alors qu'il s'apprêtait à traverser la chaussée en direction de Saint-Michel, elle continua de suivre le quai, à cet endroit devenu des Grands-Augustins. Elle humait le vent comme une piste. Soudain, elle s'empara de la main d'Arnaud pour plonger au milieu des voitures. Ils reprirent leur souffle dans une rue à l'ombre. Après avoir hésité devant des bâtiments recouverts d'échafaudages, elle tendit le doigt vers une plaque gravée :

– Là !

– Quoi ?

– L'atelier de Picasso se trouvait à l'étage. C'est marqué.

– Tu savais qu'il était ici ?

– Oui.

– Et tu n'étais jamais venue.

– Si j'avais su que je le verrais en vrai..., dit-elle.

Charlie Perudo était arrivé avec un peu d'avance. Quelques tables ornées de photophores aux bougies allumées, délimitées par des lauriers en jarres, donnaient dans une petite rue du XVIe. Les hirondelles commençaient à babiller avant de se lancer dans des explications furieuses. Des nuages esseulés vers Grenelle adoptaient dans le soir un ton cru de rose. Lorsque les amants apparurent, Charlie sortit de son fauteuil pour se pencher avec cérémonie au-dessus de la main que Sandrine tendait.

– Radieuse, dit-il. Éclatante.

– Je n'ai pas pensé à un cadeau... répondit-elle.

– Aucune importance, asseyez-vous.

Et, continuant le mouvement qu'il avait eu pour

s'emparer de ses doigts, sans les lâcher, il la fit pivoter jusqu'à un siège, Olé ! Arnaud prit place en soupirant dans le sien, comme s'il préférait être ailleurs.

Charlie Perudo se pencha vers elle.

– Étonnant ! dit-il. Qu'est-ce qu'elle ressemble...

- À Catherine Deneuve, interrompit Arnaud.

– C'est amusant... continua Charlie. Je ne m'en étais pas aperçu à première vue. Tu as l'œil.

– Je ne ressemble pas du tout à Catherine Deneuve ! s'insurgea Sandrine, après une bouffée de chaleur consécutive au compliment et son décalage de deux secondes.

– Si, si, affirma Arnaud. Dans *Les Demoiselles de Rochefort*. Le même nez. D'ailleurs, tu vas voir, papa...

À Sandrine :

– Ça t'ennuie de remettre ton chapeau ? Tes lunettes de soleil ?

Elle obéit.

– Tourne-toi. Ton profil, s'il te plaît.

Elle jeta un œil aux autres tables, personne ne faisait attention à eux. Le parfum de liberté qu'on respirait dans cette ville l'enivrait. Célia était trop petite, à l'âge qu'elle avait eu elle-même, pour apprécier Paris. Julien se défilerait sous n'importe quel prétexte. Restait Maxime. Elle se promit d'y emmener son fils l'hiver prochain.

– Extraordinaire ! souffla Charlie. Et puis les attitudes, la façon de se mouvoir...

Elle haussa les épaules.
– Vous exagérez… dit-elle.

Ils avaient bu du vin – la crainte des deux hommes, au moment de commander, que Sandrine, qui venait du Médoc, leur fît un cours d'œnologie… Elle avait seulement dit « Je ne sais pas ce que vous en pensez, mais je prendrais bien un peu de champagne ». Au cours du repas, elle avait hésité à parler du film. Où en était-il ? De nombreuses questions la pressaient au nom de ses amies et, par ricochet, d'une centaine de Médoquins. Le montage était-il terminé ? Quand sortirait-il ? Puisque personne n'y faisait allusion, elle eut le bon goût de réserver le sujet à plus tard.

Apprenant que c'était la première fois qu'elle venait à Paris, Charlie avait fait preuve d'une bienveillance semblable à celle d'Arnaud :

– Eh bien, comment trouvez-vous la capitale ?

Le champagne fit qu'elle s'entendit demander :

– Vous ne me prenez pas pour une gourdiche ?

– Mademoiselle, pardon, madame… Malgré l'envie et une curiosité dévorante, je n'ai jamais mis les pieds en Afrique. Les événements ont fait que… Dois-je pour autant considérer que je suis idiot, ou que j'ai raté ma vie ?

– Un jour, j'irai à Garches, dit Arnaud. Ou à Montfermeil.

– Et vous, mademoiselle ? demanda Charlie sans relever.

– Le Brésil. Mais il y avait d'abord Paris.

– Eh bien, je me mets à votre place et je me réjouis.

À la fin du repas, il leur proposa de l'accompagner dans un club de jazz aux Halles, où jouait cette nuit son pianiste favori – un ami, qui se souviendrait de son anniversaire. Peut-être marquerait-il le coup en public ? De toute façon, de sa part à lui, au moins, Charlie pouvait s'attendre à un cadeau...

– Elle t'a dit que nous n'avions pas eu le temps, bordel !

Sandrine s'abstint de corriger l'exactitude de la phrase, inquiète du spasme qui agitait à nouveau le coin des lèvres d'Arnaud.

Ils prirent un taxi, que Charlie arrêta au Châtelet. Il voulait, disait-il, marcher un peu. La nuit était douce avec une pointe de vent. La lumière des lampadaires révélait sous les platanes les voûtes vert tendre, duveteuses, des feuilles nouvelles-nées. En constatant le trajet emprunté par son père – au lieu d'entrer dans le quartier, il s'offrait le grand tour, par les rues du Louvre et Étienne-Marcel –, Arnaud avait traîné ostensiblement des pieds. Ce qui avait valu à Sandrine de sentir un bras se glisser sous le sien, sans autre intention qu'une douceur supplémentaire, et bientôt, un veston sur ses épaules, car elle n'avait pas emporté son gilet.

Charlie utilisait le vétiver d'Arnaud, à moins que ce ne fût l'inverse.

Octobre. Le film sortirait en octobre, à Paris, et simultanément sur une chaîne de télévision. Il s'inscrivait dans le cadre d'une commande passée à cinq réalisateurs – cinq terroirs. À cette nouvelle, Sandrine leva les yeux au ciel troué d'une seule étoile, tâchant de masquer son sourire. Elle imaginait déjà la soirée d'automne où les habitants de *Marie-Luce* squatteraient chez Anne-So, les restes du dîner sur la moquette tandis que *Campardon* apparaîtrait à l'écran. Dès le lendemain, elle se ruerait, victorieuse, chez Manou, et prévoyait de la laisser mijoter avant de lui donner la date.

Une étreinte sur l'avant-bras signa leur séparation, ils étaient arrivés. Arnaud les rejoignit devant l'épaisse porte percée d'un judas de couvent. Elle s'était attendue à entrer dans un endroit enfumé et bruyant. Mais à l'intérieur, les chuchotis, les bancs durs, la salle dénuée de décoration, prolongeaient l'impression monacale. Les musiciens n'étaient pas encore installés derrière leurs instruments – piano, batterie, contrebasse. Quelques couples de touristes, des messieurs solitaires, pour la plupart contemporains de Charlie, formaient autant d'îlots isolés. L'un d'eux, à proximité, sortait pieusement des fiches d'une sacoche spéciale. Les concerts auxquels il avait assisté, les participants ces soirs-là. Parce que Sandrine souriait, il lui tendit un des bristols manuscrits, « Tenez, le pianiste, la première fois que je l'ai vu, c'était en 1976, à New York ».

Charlie surgissait tel un diable :

– Vous y étiez ?

Et d'échanger des souvenirs comme de garnison. Déjà la formation attaquait, un projecteur s'attachait au crâne luisant du pianiste, Bouddha souriant à ses mains qui semblaient effectuer le travail sans lui, tandis que deux jeunes gens – quasi des adolescents – jetaient au maître des regards anxieux, tricotant qui sur les cordes, et qui des baguettes. Ils s'illuminèrent graduellement, des syncopes leur creusaient une place, les laissant croître et développer leur jeu. La passion animait si manifestement leurs visages et causait tant de plaisir aux spectateurs que Sandrine, songeant une fois de plus à Maxime, prit la résolution de l'inscrire dans une école de musique, dès la prochaine rentrée de septembre. À Soulac ou Lesparre ? On verrait. Pour l'heure, cessant de réfléchir, elle empoigna une corde qui l'envoya sauter aux étoiles, revenir sur l'horizon, traverser lentement des constellations, et s'arrêter en vibrant, parce que la contrebasse la débarquait sur un astre aux couleurs changeantes, bleu-gris, sable, roux.

– *It happened to us*[1]... cita Charlie en lui touchant le bras.

1. *Ce qui nous est arrivé.*

– Je crois que je m'en rappellerai, plaisanta-t-elle, heureuse de savoir l'anglais.

– Je n'ai rien oublié... dit-il, souriant.

Cela au début d'un temps qu'elle aurait aimé contenir. Deux heures avaient filé en une minute. Demeuraient la vision du pianiste chauve, le goût de fruit qu'il avait constamment sorti du clavier, son sourire revenu de très loin lorsque Charlie avait été le saluer, à la fin du spectacle. Le dernier morceau, alors que l'intéressé ne s'y attendait plus, avait été dédié à ses soixante-huit ans.

Elle se réveilla à six heures du matin. Le minuscule Frigo ne contenait que du jus de pamplemousse, elle en but dans un dé à coudre. Ce qu'elle avait vécu en si peu de temps lui paraissait impossible à cacher. Elle reprendrait le train à neuf heures quinze, et serait à Soulac dès quatorze heures vingt-cinq. Nul téléphone d'Anne-So, le stratagème avait fonctionné. Elle craignait davantage les failles de sa propre langue, par où le secret risquait de se faufiler.

Elle s'assit au bord du drap où Arnaud était allongé, ses maigres fesses à l'air. Des câbles montaient au plafond depuis les coins du lit, figurant le bâti d'une moustiquaire absente. Que resterait-il de tout cela, cet après-midi même, quand les wagons traverseraient une pluie de pétales d'acacia, entre Margaux et Pauillac ? Rien. Était-ce donc ce qu'enfermaient la grille rouillée, l'enclos de son jardin ? Rien ? Pourtant, Paris, là-dedans, semblait tellement énorme...

Les cheveux collés, les joues bleuissantes, l'abandon dans lequel il avait sombré apparentaient Arnaud à Holopherne. Elle eut envie un court instant de l'assassiner. D'en finir. De le tuer pour qu'il ne soit plus rien, mais qu'à elle. Et resta effarée par son impulsion.

Chapitre 11

Depuis le seuil du Saint-Louis, dès qu'elle vit Julien dans la rue, serait-ce à sa façon de marcher, Manou sut la question qu'il était venu lui poser. Elle n'eut pas le temps d'opter pour une stratégie, il s'engouffrait déjà dans l'hôtel. Il tourna dans le salon sans remarquer la décoration achevée, et qu'il brillait à neuf.

– Tu sais où est Sandrine ? demanda-t-il abruptement.

– Non.

– Tu ne sais *vraiment* pas où est Sandrine ?

– Tu l'ignores toi-même ? demanda Manou avec une telle inquiétude dans la voix qu'il en resta étonné.

– Eh bien, fit-il, à Angoulême, chez une amie d'enfance...

– Bonne nouvelle.

Elle souffla, soulagée. Lui désigna un siège :

– Tu crois qu'elle me dit tout ? Assieds-toi.

C'était un de ces matins où, à Soulac, le vent excite

les nuages sans qu'on puisse deviner s'il les amasse ou les disperse. On donnerait pour gagnant le bleu délavé du ciel, à croire ce qui en nous claque comme un drapeau, s'élève comme un ballon. La station résonnait de coups de marteaux sur les charpentes, les palissades, on s'activait à remettre en état avant la saison. Pas un matin à drame, s'était-elle rassurée. Une des deux femmes de ménage employées à l'hôtel avait recommencé ce jour-là de travailler. Manou lui demanda du café.

Les mots que Julien utilisa n'étaient pas nouveaux pour elle. Ils reprochaient toujours à Sandrine de demeurer étrangère. Lui avait cru que les années de vie en commun la rendraient transparente. Les zones d'ombre grandissaient.

– Au bout du compte : l'incompréhension... dit-il. C'est ce qu'il y a de pire, non ?

Elle se sentit incapable, cette fois, de le rassurer ainsi qu'elle le faisait jadis. Les mains à plat sur les genoux, respirant lentement, elle s'efforçait de maîtriser sa colère à l'égard de Sandrine, qui aurait dû voir à sa place le torse bien bâti de Julien, aux épaules pleines, aux bras forts, s'affaisser, creusé de l'intérieur. Il avait les yeux rouges pour demander :

– Franchement, Angoulême, une amie d'enfance, ce n'est pas un peu gros ?

– Gros de quoi ? Je tremble. Tu as vérifié ?

– Non.
– Pourquoi ?
– Le procédé me répugne.
– Je comprends.

Il avait relevé un sourcil, elle se mordit la langue. Subsistait à présent un espace libre entre eux, comme celui laissé par deux pièces mécaniques débrayées et qui tournaient jusque-là à un rythme analogue. Elle grimaça lorsqu'il s'y engouffra :

– Nos grands-pères allaient relever le filet ensemble aux grandes marées, dit-il. Tu m'as traîné derrière toi quand je marchais à peine. C'est toi qui m'as appris à faire du vélo. J'ai une question à te poser, une seule. Est-ce qu'elle me trompe ?

En une fraction de seconde, Manou comprit la nature de la prémonition qui ne l'avait pas lâchée depuis six mois : c'était à elle qu'incomberait la corvée de l'exécuteur. De toute façon, Julien ou Sandrine, elle ferait un mort, un mort vivant, ce qui ne valait guère mieux. « Est-il donc vrai que les femmes de mon âge sont condamnées à tirer les fils du destin ? »

Les femmes. Elle se rappela le visage de Valérie à la fin, heureuse, rayonnante, et fut frappée par le même sentiment qu'à son décès, celui d'une injustice portée à l'incandescence. Anne-So apparut ensuite – Manou l'admirait en secret. Elle l'entendait encore, « Tu ne préférerais pas leur jeter le bon œil, dis ? ». Jette-*nous* le bon œil. Pourquoi est-ce nous qui payons tout, toujours ? Et moi, qui suis maîtresse du jeu, je ne nous aiderais même pas ? Mon tour venu, je serais pressée d'accabler une femme ? Au nom de quoi ? Parce qu'elle a le tort d'aimer ? C'est révoltant.

OK, par mes pouvoirs magiques, je déclare qu'il est grand temps d'avoir un peu de compassion, de nous pardonner, au moins les unes aux autres. On commence tout de suite.

– Tu te fais du souci pour rien, dit-elle, après avoir posé la main sur son bras.

Deux jours plus tard, lorsque Sandrine lui rendit visite, fière de connaître la date de sortie du film, Manou l'attira dans un coin, le service reprenait doucement au Saint-Louis.

Sandrine tomba des nues. Non seulement Julien ne lui avait parlé de rien, mais il avait été à son retour d'une prévenance, d'une gentillesse inaccoutumées. Au point qu'elle avait envisagé de refermer la parenthèse Arnaud. Le souvenir de Paris était si débordant – un flot d'images dérobées à une autre vie – qu'elle se sentait plus que rassasiée. Il lui semblait qu'elle mettrait des années à le digérer.

– C'est passé tout près, disait Manou. Tu t'en rends compte ?

– Oui.

– Je ne crois pas. “Oui” ? Un petit mot comme celui-là et Julien flanquait vos vies à la poubelle.

– Ça va, j'en ai assez.

– Pardon ?

– J'en ai assez d'Arnaud. Assez du hamster qui tournicote sans cesse dans ma tête. Assez d'y penser nuit et jour.

– Vous allez rompre ?

Manou, dans son exaltation, avait presque crié.

– Quel grand mot, dit Sandrine. Il suffira de ne plus nous voir, c'est tout.

– Tu me le promets ?

– Je me le suis déjà promis.

– Ah ! Ma biche ! Je n'ai plus tout à fait menti. Dans mes bras !

Il restait à Sandrine quelques jours avant de travailler au château. Sa décision la rendait pleine de courage. Elle fit le ménage d'une villa voisine, et, dans la foulée, celui de *Marie-Luce* à fond. Avec le reliquat des économies, elle invita Julien au restaurant, sur le front de mer, en terrasse. C'était l'heure où l'on déléguait au phare de Cordouan, avant-poste du désert salé, les frayeurs nocturnes, lui accordant une vertu de paratonnerre. La tempête, les coups de chien l'atteindraient en premier.

La main de Julien, à la fois surpris et réjoui, survola la table pour rejoindre celle de Sandrine.

– Que fêtons-nous ?

Si elle avait pu, elle aurait répondu : le franchissement d'une marche. Je grandis. Je vais m'occuper de toi, mon petit mari. Je ferai fortune dans le tourisme. Je t'inviterai plus souvent au restaurant. Je t'aimerai en véritable adulte. Tu vas voir, ça va te plaire.

Il existe traditionnellement trois catégories de personnes en Médoc : les *rebeirons*, qui habitent la rive de la Gironde, les *landescots*, qu'abritent les forêts vers l'océan. Enfin les châtelains. Ces derniers, peu nombreux, tendent encore à se raréfier, menacés d'être remplacés par les directeurs que mettent en place des groupes financiers.

Éléonore se qualifiait elle-même de « châtelaine crottée ». Elle était née, ou quasi, à la propriété, relativement modeste et délabrée, aux antipodes des grands crus. Elle avait pratiqué le cheval avec passion et repris seule la succession. Deux frères coureurs et joueurs. Elle avait failli se marier, avant de découvrir que son fiancé la trompait une semaine avant la cérémonie.

On lui vouait, à quarante-deux ans, l'admiration qu'on porte aux femmes solitaires, énergiques, et uniquement préoccupées du bon fonctionnement de leur domaine. Où qu'il y eût une fuite, on la retrouvait manches retroussées, en train de colmater. Pour la tendresse, souriait-elle, songeant à la caricature, il y avait le palefrenier – un jeune homme arrivé quelques années auparavant avec trois chevaux, une caravane, et qui avait rénové l'écurie. Ils évitaient en public les familiarités. Si cela ne constituait pas un secret pour le maître de chai ni pour les ouvriers, c'était un sujet que personne n'aurait abordé.

Les personnes affairées ont un œil latéral pour repérer celles qui avancent à leur rythme, le long du même front. Il fallut pourtant quinze jours à Éléonore avant de s'apercevoir que Sandrine demeurait largement après l'heure dans le bureau. Elle se rappelait au contraire, les années précédentes, avoir accepté souvent qu'elle rentrât plus tôt, à cause des enfants. Elle ignorait que leur mère s'était résolue, après des étés de jonglerie, à confier ces derniers aux beaux-parents Laguibson.

Le soir tombait à présent tard, vers dix heures, dans le flamboiement du plus beau mois sur la presqu'île. Il régnait dans le bureau la lumière fauve des fins d'après-midi en automne. Éléonore croisa les bras en s'adossant au mur du local :

– Peut-on savoir ce que vous faites ?

– Je crois que j'ai fini, madame.

Sandrine la fit asseoir à côté d'elle pour lui montrer, sur écran, les performances d'un nouveau logiciel de comptabilité qu'elle venait d'installer. Éléonore ne fut pas longue à comprendre qu'il leur épargnerait des étapes comptables et leur rapporterait de l'argent.

Aussi, s'éloignant un peu de Sandrine, la contempla-t-elle avec curiosité, comme une pianiste déconcertée par le jeu de sa partenaire, aux accents soudain inconnus.

Trois jours plus tard, alors qu'elle-même se trouvait dans le bureau, en train d'exploiter ce nouveau programme, Sandrine frappa à la porte. Elle portait un dossier sous le bras.

– Je sais que vous avez toujours été contre, dit-elle sans préambule, mais il faut que nous allions à Mondexpo.

– Rien que ce nom me hérisse...

Mondexpo, la foire internationale du vin, à Bordeaux.

– Ce serait vraiment dommage, dit Sandrine, de rater chaque année une occasion pareille de nous placer sur orbite.

– Qui est ce “nous” ?

– Le château...

– Vous m'avez fait peur, j'ai pensé à une fusée. S'il vous paraît archaïque, il le doit à certains principes, qui continuent de le diriger. Il tient debout parce que “nous” ne nous sommes pas couchés. Il a connu d'autres occasions de perdre son âme. Je vous parle en habituée.

Éléonore imaginait avoir clos le débat. Elle ne cacha pas sa surprise quand Sandrine se pencha au-dessus d'elle et de l'ordinateur. Où avait disparu la discrète secrétaire-vendeuse ? D'où sortait la nouvelle ?

– Je peux m'exprimer franchement ? demanda Sandrine.

– Dites toujours.

– Le château se drape depuis longtemps dans une orgueilleuse solitude.

– Je crois que je n'aimerais pas ce qui se passe dehors, répondit Éléonore. "Orgueilleuse solitude..." Vous exagérez, j'ai quelques amis.

– Vous ignorez où ils se trouvent. Au Chili, en Nouvelle-Zélande, des propriétaires-récoltants comme vous connaissent les mêmes problèmes et imaginent des solutions. Ensemble.

– Chantons *L'Internationale*, voulez-vous ?

Sandrine décida d'enfoncer le clou :

– Je respecte infiniment vos méthodes, dit-elle, mais elles vous empêchent de réaliser que nous pourrions nous développer autrement. J'en souffre.

« Laissez-moi attirer votre attention sur quelques aspects, ajouta-t-elle en montrant le dossier, immédiatement intéressants. Ça me soulagerait.

Éléonore, malgré une réserve de circonstance, souriait intérieurement. Outre le culot de Sandrine, elle avait été frappée, l'espace d'une seconde, par un vieux désir qu'elle avait cru enfoui, celui d'une épaule où se poser, d'un bras supplémentaire, d'être moins seule à la tête du domaine. Les partenaires s'étaient montrés avides, les amis, gentils mais incapables. Tout le monde fait des bêtises. Personne ne rectifiait les siennes.

Jusqu'à présent, Sandrine n'avait pas demandé d'augmentation, et rien réclamé non plus. Elle persistait dans l'emploi abusif de ce « nous » dont il lui arrivait, disait-elle, de souffrir. Peu importaient ses propos naïfs, elle prenait le château à cœur.

– De toute façon, nous avons encore un an pour y penser, éluda Éléonore. Mondexpo commence demain.

– D'où ma question, dit Sandrine. M'empêcherez-vous d'y aller ?

Lorsqu'elle quittait Bordeaux, au lieu de filer à Soulac, Sandrine effectuait un détour par Bégadan, où se situait l'exploitation des grands-parents. Près du but, la route serpentait entre les terres mêlées de *grave* (cailloux), plantées de vignes, pour plonger en direction de bois isolés. L'obscurité y creusait des énigmes, des niches presque noires, des scènes avec faunes et nymphes absentes. Elle avait raté l'heure, ou bien c'était encore trop tôt. Les jours n'en finissaient pas de mourir, un peu de bleu pâle mêlé d'une vapeur, la lumière océane, baignait les petites départementales. Une sorte de halo enveloppait le bétail dans les pâtis. Elle croisait deux ou trois tracteurs qui se hâtaient en tressautant de regagner les granges, comme des pachydermes effrayés par la nuit. Dans les coudes des virages à quatre-vingt-dix degrés surgissaient des bâtisses aux volets mi-clos. Isolées dans le paysage, avec leur façade altière et leur ton de sierra, elles évoquaient l'Espagne.

Lorsque Sandrine atteignait Bégadan, la table était dressée, sous la treille, pour quatre – cinq si le frère de Julien venait. Le père Laguibson allumait à son arrivée, entre les assiettes, les lampes à pétrole, les tortillons anti-moustiques. Les enfants avaient déjà mangé. Sandrine montait avec précaution embrasser ses *drolles* ensommeillés, qu'un drap suffisait à couvrir. Si la journée avait été chaude, elle s'enivrait de leur légère odeur à la racine des cheveux. Dehors, au sein de la nuit piquée des plus infimes étoiles, s'élevaient les ronflements rassurants – en réalité les cris – d'un couple d'effraies qui nichaient à proximité.

Autour de la table, dans l'éclat exclusif des lampes tempête, il semblait que la famille fût, sinon la tribu des origines, au moins l'une des dernières sur terre. Sandrine glissait du statut de bru à celui de fille prodigue, revenue intacte du pays de Mondexpo. Elle en ramenait, à l'égard du beau-père, des sujets d'indignation, d'admiration à son beau-frère, qui regrettait d'être trop timide pour y aller. La belle-mère, jusque-là ni ennemie ni amie, envoyait une antenne, en concoctant maintenant des plats dont Sandrine lui demandait les ingrédients. Julien, quand on débarrassait, profitait des coins d'ombre pour la prendre par la taille. À Soulac, ils n'allumaient pas tout de suite dans *Marie-Luce*, préférant se rejoindre à tâtons.

Elle n'était pas sûre que Julien ignorât la vérité. En ce cas, il l'aurait laissée agir, confiant dans le dénouement – reproduisant vis-à-vis d'elle, au fond, l'attitude qu'il avait envers Célia, cette curiosité attentive. Beaucoup d'hommes, à sa place, auraient fait valoir leurs droits d'une autre manière. Elle ne comptait plus, autour d'eux, les couples qu'un adultère avait séparés, souvent avec violence. Or Julien l'avait aidée. Elle lui devait d'être vraiment devenue une fille prodigue, avec un point de vue différent qui ne s'effaçait pas, des renseignements, une ouverture. Elle avait pré-inscrit Maxime sur les listes de l'école de musique, en prévision de la rentrée. À Lesparre, trente kilomètres aller, autant au retour. Merci encore, Julien, d'avoir accepté immédiatement.

Mais c'était au grand intercesseur que Sandrine, entre Bordeaux et Bégadan, rendait grâces. Nous sommes *quittes*, s'entendait-elle dire à voix haute dans la Fiat (elle changerait bientôt de voiture, elle voulait passer à la catégorie supérieure sous toutes ses formes). Je t'ai remis à flot, tu m'as tendu l'échelle. Tu avais raison, je deviens une grande fille. *I'm a big girl now*.

Tout en roulant, elle imaginait les formules à l'aide desquelles elle romprait en douceur. Elle était sûre d'avoir posé le point final, mais tant qu'Arnaud ne le savait pas, pouvait-elle considérer l'histoire comme terminée ? Écrire lui paraissait lâche, et téléphoner la première, brutal. Peut-être suffirait-il de lui raconter à quel point elle avait changé. Il comprendrait. Serait fier d'elle, pourquoi pas ? Au fond, Arnaud demeurait la seule personne à qui elle aurait aimé expliciter sa transformation (Anne-So et Manou l'auraient trouvée prétentieuse). En découvrant que, par là même, il lui manquait, elle chassait cette pensée d'un geste, en maugréant.

Un soir, n'y tenant plus, elle l'avait appelé depuis la cour du château, ce sas entre le travail et le retour à la maison. Pour quelle raison avait-elle été certaine de tomber sur son répondeur ? Elle avait préparé un message qui se conclurait de manière enjouée, aérienne, « Tu me rappelles demain ? Ciao ! ». Il y entrait une volonté d'éclaircir leur situation, de le préparer à la rupture. Ce soir-là, quelque chose de léger dans l'air métamorphosait leur liaison en fantaisie, en tour de valse, en agréable rêverie qu'un claquement de doigts suffit à dissiper. Mais, lorsqu'elle entendit sa voix de basse annoncer qu'elle pourrait parler après le signal, elle se retrouva muette et n'eut le réflexe que de raccrocher. Des images – un cargo orange et blanc, l'île Saint-Louis, le lit relié au plafond – avaient surgi avec une telle force qu'en se dirigeant vers sa voiture, elle crut réapprendre à marcher.

Le lendemain qui suivit la clôture de Mondexpo, Éléonore lui réserva un accueil triomphal. Une espèce de petit déjeuner royal. Un samovar chauffait près de la théière. Le fax continuait de recevoir des commandes dans des proportions auxquelles on n'était pas habitué. Le but de Sandrine n'avait pas été de vendre, mais de multiplier les contacts, d'apprendre – y compris les mots du métier, en espagnol, en anglais. Elle avait vendu avec la grâce des inconscients.

– Puis-je vous parler d'un nouveau projet ? demanda-t-elle.

– Encore ?

– J'ai rencontré hier une fille formidable, elle organise des tournées de concerts dans la région.

– Je vois, musique classique, robe de soirée...

– Plutôt jeunes espoirs et col roulé, répondit Sandrine. Moins prestigieux, très sympathique. Quatre endroits accueillent déjà le festival.

– Lesquels ?

Sandrine cita des noms. Éléonore s'enorgueillit de connaître leurs propriétaires, d'en estimer certains.

– Oublions ça, dit-elle pourtant. Je n'imagine pas recevoir des mélomanes dans la paille et le crottin.

– J'en ai discuté, la cour et le parking feraient l'affaire. Pour le reste, vous ne toucheriez à rien, je me chargerais de tout jusqu'à l'automne prochain. Il faudrait seulement que le jour J...

– Je me montre charmante ?

– Et que vous souriiez tout le temps.

– Quelle horreur !

Il lui fallait faire un gros effort pour se rappeler l'employée de jadis, effacée, invisible. Éléonore était maintenant capable de remarquer, au fond de ses yeux, « La danse des poissons verts », ainsi qu'elle l'appelait à part elle. Un ventre jaune se retournait parfois. La passion tenait lieu de courant.

– Que vous est-il arrivé, Sandrine ? Vous pouvez en parler ?

– Quand ?

– L'hiver dernier, aujourd'hui... Vous avez beaucoup changé, on a dû vous le dire...

– Je crois que j'ai pris confiance en moi, répondit-elle. J'ai effectué cet hiver un travail pour quelqu'un. Il a abouti au-delà de mes espérances. Depuis, j'ai l'impression de porter chance...

– Houlà ! fit Éléonore.

« C'est une femme d'un bloc, songea-t-elle au même moment. Le bloc a pivoté, et présente une arête franche : son ingénuité. Elle s'émoussera. Derrière, c'est du solide. »

En écho à sa réflexion :

– Je prévois de grandes choses, reprit Sandrine. Je *sais* qu'elles marcheront.

– Doucement, ne vous emballez pas. Nous n'avons pas déjà de résultats.

– Ah bon ? demanda Sandrine, au moment où le fax se remit à ronronner, s'apprêtant à délivrer une autre commande dans la corbeille.

Elle planta son regard si droit dans celui d'Éléonore que cette dernière se surprit à rougir.

– Bien sûr, dit-elle, il va falloir que nous révisions votre salaire.

– D'accord, répondit Sandrine avec simplicité. Tant que nous y sommes, il y a autre chose… Pardonnez-moi de vous l'apprendre crûment, mais vous ne savez pas à quel point c'est important, une belle voiture, sinon vous n'auriez pas que le van pour les chevaux et ces…

Elle montrait par la fenêtre les véhicules utilitaires croûtés de terre dont on se servait dans les vignes.

– C'est absolument comme des dents neuves, insista-t-elle. Au nom du château, de sa représentation, nous ne pourrions pas en acquérir une ?

Chapitre 12

Lorsqu'un client arrive au château, après avoir roulé dans l'allée bordée de chênes verts, il débouche sur un arc de cercle autrefois gravillonné, et que la boue séchée mange à présent par plaques. Un panonceau, la lettre P entourée d'un liseré, matérialise le parking devant les bâtiments agricoles. Après s'être garé, délaissant à main gauche le corps d'habitation et les écuries, il se dirige vers un porche noirci, à côté duquel une enseigne indique « Vente ».

En juillet, le contraste est si saisissant entre la lumière crue qui arrose la place, et le chai, où des ampoules de faible intensité sont allumées, que le visiteur reste un instant interdit sur le seuil, l'œil bombardé de particules multicolores, la silhouette découpée à contre-jour.

Sandrine ne passait pas plus de temps derrière le comptoir, maintenant, qu'Éléonore. C'est-à-dire les rares fois que Bénédicte, une jeune stagiaire, devait s'absenter.

À dix-huit heures, elle songeait à fermer plus tôt que d'habitude. Le soleil chaulait encore la cour. C'était un temps à aller se baigner. Depuis qu'elle avait recommencé de travailler, elle n'était pas allée une seule fois à la plage. Elle rejoindrait ensuite la famille à Bégadan, le couchant dans le dos.

Elle avait soupiré en entendant un bruit de moto, le dernier client. Elle le reconnut en ombre chinoise. Sa maigreur, ses longues jambes, son attitude, le torse légèrement rejeté en arrière. Il tenait un casque à la main et rejoignit sans hâte le comptoir.

– Tu vas bien ?

Elle acquiesça de la tête, désertée par les mots.

– J'ai pris des vacances dans la région. J'en profite pour jouer avec mes crayons. Dis donc, ça change par ici...

– Qu'est-ce qui change ? réussit-elle à articuler.

– Beaucoup de circulation, de touristes, de bruit.

– Tu as une moto ?

– Une petite 125, on me l'a prêtée. Je me suis dit qu'avec un casque intégral, personne ne te reconnaîtrait derrière moi. J'ai loué un *carrelet*, une cabane de pêcheur au-dessus de la Gironde. On voit la marée monter par les fentes du plancher.

– Où ça ?

– À Valeyrac, près du port de Goulée.

Ils s'étaient rendu compte qu'ils chuchotaient comme à l'église.

– Nous pouvons parler ? avait-il demandé en montrant du menton les profondeurs du chai.

Le coup d'œil affolé qu'elle jeta à la porte par où Éléonore risquait d'apparaître le renseigna mieux qu'une réponse.

– Donne-moi vite rendez-vous, dit-il.

– J'allais à la plage…

– Je t'attends sur la route. Je te suis en moto.

Au moment où ils obliquèrent dans le coupe-feu, en partie carrossable, deux voitures débouchèrent, les deux dernières, libérant la piste. Il avait dû y avoir un peu de monde durant la journée, des touristes informés qui revenaient chaque année. Le sable était remué après le cul-de-sac où l'on abandonnait les véhicules. Arnaud attendit d'être à couvert de la pinède. Sandrine marchait derrière lui. Il se retourna pour l'étreindre.

Tout le long du trajet, l'observant dans le rétroviseur, elle avait senti ses défenses, grandes et petites tours, donjons, murailles, s'écrouler en elle, s'émietter jusqu'à ce qu'un coup de vent disperse les restes – c'était fait. Ils avaient tant jeûné que dans la hâte de se retrouver ils entrechoquaient leurs fronts, leurs dents, leurs genoux, ils se frottaient et s'irritaient. Sandrine aurait voulu qu'il fût muni de barbillons, qu'il rentrât sous sa peau, qu'il atteignît son sang.

Depuis le sommet de la dune, ils découvrirent la belle

baïne vierge de présence humaine. À perte de vue, le rivage déserté par le jusant évoquait le début de l'ère quaternaire. À gauche, vers Hourtin puis Lacanau, une brume estompait la limite de la côte. En face, le soleil, encore loin de l'horizon, rendait aveuglant l'océan. Le sable abondamment fouillé, dans le goulet, témoignait de l'activité qui avait régné aux heures chaudes. Sans doute, s'ils étaient arrivés plus tôt, auraient-ils vu des silhouettes distantes entre elles, certaines tremblant au loin tels des mirages.

Ni l'un ni l'autre n'avaient de maillot de bain. Ils ne s'aperçurent pas qu'ils ôtaient leurs vêtements à quelques mètres de filets tendus illégalement, repérables, pour l'œil exercé, à des piquets fichés dans le sable. La marée basse découvrait déjà le flanc argenté d'un mulet long comme l'avant-bras, et qui expirait dans les rets.

– Pute borgne ! s'exclama Bruno en arrêtant son 4 × 4 Lada en contrebas de la dune, à environ deux cents mètres du couple.

– Qu'est-ce qui se passe ? demanda Jean-Pierre, son frère, assis à côté de lui.

– Je crois qu'il y a quelqu'un, dit Bruno en coupant le moteur. Il se tourna vers Cyril, leur cousin d'Arles, affalé sur la banquette arrière.

– Passe-moi les jumelles.

Bruno, vingt-quatre ans, était le plus âgé des trois, le

seul qui eût un salaire, maçon dans une entreprise, à Hourtin.

– Qui vient nous emmerder ? demanda Cyril, derrière, l'air de vouloir en découdre.

Ils avaient pas mal bu depuis midi, quand ils étaient revenus d'avoir tiré les filets au large, feignant de surfer, sous le regard de quelques estivants qui n'y avaient vu que du feu.

– Des nudistes, répondit Bruno en ajustant les Zeiss. On dirait qu'ils se font des mamours.

« Tu te rends compte ? reprit-il sans s'adresser à quelqu'un en particulier. Ils ont toute la plage. Eh bien non ! Il faut qu'ils aillent se *coucouler* pile dessus !

– Prête-les-moi, dit Jean-Pierre en tendant la main.

Il sortit de voiture et grimpa quelques mètres à flanc de dune, bientôt rejoint par Cyril, afin de mieux observer les amants.

– Mince alors ! s'exclama-t-il.

– C'est un gentil spectacle, non ? dit en écho Bruno, resté au volant.

– Je la reconnais ! cria Jean-Pierre au comble de l'excitation. C'est la femme à Julien Laguibson, l'Ingénieur !

– Pas possible !

Bruno se rua à son tour hors du 4 × 4 et lui reprit l'optique.

– Comme s'il n'y avait pas assez de cocus sur terre...

dit-il en constatant que son frère avait raison. Et le *gonze* qui est avec elle, tu le connais ?

– Montre...

Jean-Pierre monopolisa longtemps les jumelles, malgré les supplications du cousin qui réclamait un peu d'équité.

– Ils ont fini, dit-il. Ils se relèvent. Ils vont se baigner. Ho ! J'ai déjà rencontré cette tête. Vé ! C'est l'Étranger, celui qui rôdaillait à Soulac cet hiver. Le grand maigre, tu sais.

Cyril avait réussi à s'emparer des Zeiss.

– Elle a de beaux seins, dit-il. Je les téterais bien.

– Tais-toi, lui intima Bruno d'une voix assourdie, ce ne sont pas des manières.

– Attendez, les gars...

Cyril abaissa les jumelles pour prendre les frères à partie :

– Oh, Médoquins ! Vos femmes se font... Là, sous vos yeux. Et pas de réaction ? Prenez votre pied comme vous voulez, mais n'empêchez pas les autres de commenter, au moins.

– Ce n'est pas ma femme, répondit Bruno. Crois-moi que si c'était la mienne, personne n'y toucherait.

– Pourquoi venger l'Ingénieur ? enchérit Jean-Pierre. Nous ne le connaissons guère. Chacun ses affaires. Ne nous mélange pas.

– Ah ça ! pour discuter, vous êtes forts, cousins...

Cyril observait à nouveau les évolutions du couple sur lequel les vagues brisaient.

– Je peux te dire que ça ne se passerait pas comme ça à Arles, reprit-il.

– Et comment ça se passerait, à Arles ?

– Ce type aurait la correction qu'il mérite. Plutôt deux fois qu'une. Vous voulez que votre pays soit peuplé d'enfants qui ne vous ressemblent pas ? Continuez. Vous n'avez donc aucun principe ?

– Si : chacun ses affaires, comme mon frère l'a dit.

Mais tous deux, dans la même attitude, traçaient pensivement, du bout de leurs nu-pieds, des figures sur le sable.

En guise de serviette, Arnaud avait étalé sa chemise pour qu'elle puisse s'asseoir. Le soleil chauffait encore au point qu'on séchait vite. Sandrine humecta son doigt avant d'essuyer ses sourcils pleins de sel, dans un geste gracieux.

– Tu as senti le courant ? demanda-t-elle.

– Il tire au large.

– Si un jour tu es emporté (le doigt quitta le sourcil et vint toquer le front, en signe de superstition), abstiens-toi de lutter, contente-toi de flotter, ménage tes forces. Tu échoueras plus loin, à moins qu'on ne te repère. Des hélicoptères assurent la surveillance côtière.

– Ton amie Valérie ne le savait pas ?

– Certaines vagues peuvent s'avérer dangereuses dès

que tu entres dans l'eau. Elles te roulent comme un paquet de chiffons et t'assomment au fond.

– La mer était grosse ce jour-là ?

– Non, répondit Sandrine. Mais Valérie avait un amant.

– Quel rapport ?

– Peut-être aucun. Sauf à croire que tout est lié.

– C'est ton cas ?

Sandrine préféra éluder en haussant les épaules. Lui la regardait avec attention. Il n'y avait pas un centimètre carré de peau qu'il n'eût aimé remercier d'être si douce sous la sienne. Avec son profil découpé nettement sur le ciel bleu foncé, ses cheveux aux mèches sculptées, elle ressemblait à la mère des mères, la Vénus initiale, la première femme, en même temps qu'à la dernière, l'arrière-petite-fille d'une lignée qui guettait au large le retour des bateaux.

Elle était d'une beauté sauvage, songeait-il, comme la plupart des riverains de l'océan, confrontés chaque jour à l'éternité, forgés par elle. Les blockhaus effondrés, sur leur droite, témoignaient de la vanité des grandes entreprises humaines. Ils lui parurent encore plus ensevelis qu'à sa dernière visite. Il se demanda s'il pourrait vivre ici et renonça à trouver une réponse. C'était, au sens strict, impensable.

Lorsqu'ils se rhabillèrent :

– Il va falloir redoubler de précautions pour nous rencontrer, dit Sandrine.

Elle avait dans les yeux une expression de fatalité, de lassitude, qu'il ne lui avait jamais vue.

– Je suis complètement libre, répondit-il. Tu peux m'appeler à n'importe quelle heure, le jour, la nuit...

À peine eurent-ils dépassé le faîte de la dune, après être remontés par le goulet, qu'ils entendirent un véhicule accélérer sur le rivage.

– Nous l'avons échappé belle, dit-il, en voulant la faire sourire de leur paranoïa.

Mais elle allongea brusquement le pas, et dans le regard qu'elle lui lança, il lut, cette fois, le bref dédain réservé à ceux qui ne savent pas.

Chapitre 13

La dernière semaine de juillet, la sécheresse commença à devenir préoccupante, elle gagna la une des quotidiens régionaux. Il n'avait pas assez plu durant l'année pour reconstituer les nappes phréatiques. On n'eut plus le droit dans le département de laver sa voiture ailleurs qu'aux stations-service, ni d'arroser autrement qu'au potager, à certaines heures. Chaque matin, des agriculteurs levaient un visage découragé en direction du soleil naissant aux confins d'un ciel vide. À dix heures du matin, on ne savait plus si la chaleur provenait d'en haut ou montait du sol, sous l'herbe couleur de paille. À Soulac, où le nombre de touristes est proportionnel à la température, on n'avançait plus le soir dans la rue de la Plage. Les terrasses des glaciers ne désemplissaient pas.

Anne-So, pour se rendre aux Arros où elle avait l'habitude de se baigner, empruntait le front de mer, au-dessus des cabines en ligne, tendues de toile rayée blanc et bleu. Cet après-midi-là, l'océan se retirait en abandonnant des flaques, des bassins à des personnes assises dedans, exténuées par le climat.

Elle reconnut Arnaud trop tard, elle n'était plus qu'à trois mètres de lui quand il acheva de verrouiller l'antivol de la moto, enleva son casque et réajusta son sac à dos.

Ils restèrent gauchement plantés l'un en face de l'autre, l'énormité de ce qu'ils savaient, comparée aux infimes possibilités de ce qu'il convenait de dire, les empêchait de parler. Était-il revenu pour Sandrine ? se demandait Anne-So. Elle espérait de tout cœur que non. Pour libérale qu'elle fût, elle avait poussé un ouf de soulagement en apprenant, *via* Manou, la fin de l'histoire. Elle s'en était tirée sans casse. Parfait.

Ce fut Arnaud qui proposa :

– Nous faisons quelques pas ensemble ?

– Vous êtes revenu en estivant ? demanda-t-elle.

– Je suis tombé amoureux de votre pays. Il me séduit, il m'intrigue. Ses paysages, ses ciels, ses gens... J'ai emporté mes appareils photo et de quoi dessiner. Cela ne résout pas son mystère, mais donne le sentiment de me l'approprier un peu. Vous voulez voir ?

Ils s'assirent le long du parapet pour feuilleter ensemble un carnet de croquis qu'il avait sorti du sac à dos. De temps en temps, elle jetait un coup d'œil sur l'embouchure de la rue de la Plage, d'où coulait le flot humain avant de se disséminer devant l'océan – inquiète d'y reconnaître quelqu'un qui l'aurait vue en compagnie d'Arnaud.

Défilaient, esquissées au crayon, détaillées à la plume et à l'encre, des vues de mattes que domine au loin un clocher (celui de Saint-Vivien, reconnut Anne-So) ; le village ostréicole au Verdon, son chenal où naviguent des canards, ses cabanes entre les roseaux ; des portraits d'hommes burinés, de femmes dignes. Anne-So s'étonnait avec un plaisir enfantin d'en retrouver certains, de pouvoir les nommer, ce qui fit sourire Arnaud. Mais quand le carnet fut refermé :

– Sandrine sait que vous êtes là ? demanda-t-elle tout à trac.

Ils se regardèrent avec, de part et d'autre, la même netteté.

– Oui.

Anne-So laissa échapper un gémissement étouffé.

– Quelque chose ne va pas ? demanda-t-il.

– Vous ne devriez pas... commença-t-elle.

Sa phrase, ses yeux se perdirent dans le vague. Elle, d'habitude si droite, se voûta légèrement :

– Pardonnez-moi de vous parler avec franchise. Vous aimez Sandrine, n'est-ce pas ?

– Oui.

– Moi aussi. Le moment est peut-être venu de songer à son propre intérêt.

– Je ne saisis pas.

– Ce serait grave pour elle, maintenant, si son mari l'apprenait. On ne plaisante pas par ici, vous savez, avec ce genre de choses.

– Je croyais qu'il s'en doutait plus ou moins...

– Ça va trop loin. Ça dure trop longtemps. Vous ne devriez plus être dans le coin. Et certainement pas vous montrer à Soulac.

– Vous allez finir par m'effrayer...

– Je n'en ai malheureusement pas les moyens. Pensez à elle, je vous en prie. À ses enfants. À sa vie. Elle a pris un nouveau départ au château, vous êtes au courant ?

– Oui.

– C'est en partie grâce à vous, paraît-il. Restez-en là, sur cette belle note...

Des promeneurs en maillots de bain les dévisageaient au passage, avant de diriger leurs lunettes de soleil vers le phare de Cordouan.

– Quel *happy end* ! dit Arnaud. Je m'en sens hélas incapable. Si l'on ne change plus à mon âge, du moins connaît-on ses handicaps. Je n'ai jamais quitté quelqu'un, j'ai toujours attendu d'être abandonné. Seul l'amour qu'on me porte me maintient en vie. Mais le désir peut suffire. À ce propos, si j'étais vous, je coucherais avec moi. Voilà qui résoudrait les problèmes. Sandrine aurait une sérieuse raison de rompre.

– Aucune chance.

Il se plia en deux, avec une grimace douloureuse.

– Je suis sous perfusion de Sandrine, vous comprenez ? Vous cherchez quoi ? À ce que je me fasse hara-kiri ?

– Je ne vous prédis pas un riche avenir, répondit posément Anne-So, réfléchissez.

– Quel avenir ? Vous croyez en la réincarnation, vous ?

– Je crois que la vôtre vous regarde ! explosa-t-elle. Mais ce ne sera certainement pas l'enfer de vous retrouver seule, et séparée de vos enfants.

À Bégadan, on ne parlait plus que de ce régime spécial de sud-ouest, qui rameutait les nuages sans qu'ils crèvent. Ils s'accumulaient au-dessus de la Gironde avant d'entreprendre en groupe leur voyage vers le continent. Le vent chaud achevait de dessécher la terre et les gosiers. Julien était arrivé un peu plus tôt que d'ordinaire, à dix-huit heures, dans l'espoir de jouer avec les enfants, mais ces derniers se trouvaient encore à la plage avec leur grand-mère. Quoiqu'il n'y eût personne d'autre dans la demeure, son père le prit à part avec une mine de conspirateur :

– Allons nous promener, tu veux bien ?

Ils passèrent sous la treille et traversèrent un pâtis d'herbe brûlée avant de s'engager dans l'allée principale de la vigne. Un tracteur était passé récemment, repeignant les ceps au sulfate de cuivre. Ils n'entendaient qu'une huppe au loin, et leurs pas raclant le chemin.

– Il est de mon devoir... J'ai une terrible nouvelle, dit enfin le père.

– Je la connais.

Julien enfonça les mains au profond des poches de son jean, souffla bruyamment. Ils avaient dépassé les culées plantées de rosiers et atteint un point d'où l'on pouvait apercevoir La Rivière, l'estuaire au-dessus duquel s'étiraient les nuages.

– Qu'est-ce que tu comptes faire ?

– Aucune idée. Tout est ma faute. Je n'aurais pas dû épouser une étrangère.

Son père lui pressa l'épaule dans un geste aussi affectueux que malhabile.

– Il faut penser aux enfants, dit-il.

– Je ne pense qu'à eux.

– Sandrine n'a pas le droit de te les enlever.

– Il ne manquerait plus que ça !

Julien fixait à présent l'horizon sans le voir, les yeux rétrécis par une rage froide. Il avait sorti les mains des poches, elles s'étaient transformées en poings.

– C'est bien... laissa échapper le père.

Il avait craint un instant que son fils ne s'accommodât du fait. Julien, avec son raisonnement scientifique, était parfois l'auteur de situations inédites dont il cherchait à prouver qu'elles fonctionnaient, au mépris du bon sens.

– J'ai pris conseil autour de moi, continua M. Laguibson. Il faut que tu prépares un dossier pour remettre à l'avocat. Pas samedi prochain, ni après-demain, hein ? Maintenant. Est-ce qu'avec Sandrine, vous avez parlé… Enfin, est-ce que vous en avez parlé tous les deux ?

– Non.

– Alors elle imagine que tu es un innocent, sa méfiance est endormie. Fouille autour de toi, dans la maison. Vois ce que tu peux trouver. Prends des gants. Les sales types laissent toujours de sales traces.

– Qu'est-ce que je deviendrais sans toi ? demanda Julien.

– Bah ! fit le père en cachant son trouble. Ne nous laissons pas abattre, jamais, d'accord ?

Chapitre 14

Sandrine attendit cinq jours, après l'épisode de la baïne, pour quitter plus tôt son travail au château, sous un faux prétexte. Elle était inquiète. La voix d'Arnaud, au téléphone, lui avait paru glacée.

Elle gara la Fiat sous un bouquet de chênes, à l'orée d'un sentier qui filait droit à travers le marais pour aboutir à la rive, quelque part sous le port de Goulée. Lorsqu'elle y parvint, après dix minutes de marche dans un paysage déserté par l'homme – l'ouverture de la chasse n'aurait lieu qu'à la fin du mois d'août –, une drague jaune, immobile, tenait le milieu de La Rivière. Pas d'autre navire. Sur le bord opposé, vers Mortagne-sur-Gironde, les champs paraissaient verts et fertiles.

Des carrelets se dressaient sur pilotis, chacun à distance respectueuse. Arnaud avait dit « celui dont la passerelle est la plus longue, et le filet, le plus en avant ».

Elle le reconnut immédiatement. Un panneau prévenait de pièges mortels à l'entrée de la jetée de bois. Le tambour de ses sandales par-dessus fit sortir Arnaud de l'habitation. Il l'attendit à la porte, l'accueillit sans la toucher, et quand il s'effaça pour la laisser entrer, elle sut qu'il avait pris une décision la concernant. Elle eut l'impression de passer devant le valet d'Arnaud, chargé par son maître d'éconduire quelqu'un dans les meilleures conditions.

À l'intérieur, deux couchettes superposées, un coin cuisine ; le sol était recouvert de lino craquelé. Un treuil à deux manivelles, au centre de la pièce, une vue à 180 degrés de l'estuaire par les fenêtres de récupération, les cris des goélands dans le ciel, transformaient la cabane en poste de pilotage. Arnaud avait accroché à l'aide de pinces des croquis, des portraits, parmi lesquels un grand de Sandrine en évidence.

– Quand est-ce que tu l'as dessiné ?

Mais elle connaissait la réponse.

– À Paris, d'après photo.

Avec une gaieté feinte, elle se pencha par l'ouverture qui donnait sur le balcon, avant le filet. Des caisses salies, une longue épuisette y gisaient en vrac.

– Tu pêches ?

– Je n'ai jamais mangé autant de poisson, dit Arnaud, ni de crevettes. Tu veux essayer ?

Il désignait le treuil à manivelles.

– C'est la dernière fois que nous nous voyons ? demanda-t-elle.

– Cela vaut mieux pour tout le monde. Tu te rappelles ce que je te disais à la baïne ? “À la moindre alerte” ? C'est maintenant, je crois.

– Alors nous avons peut-être autre chose à faire…

Ils s'aimèrent, couchette du dessous, en abîmant leurs lèvres, en mélangeant leurs larmes. Elle dormit un peu. Lorsqu'elle se réveilla, le soir tombait par petites touches. Un morceau de lino manquant permettait effectivement de contempler la marée qui montait, un semis de piécettes d'or sur de courtes vagues marron. Elle se rhabilla à la hâte. Il lui tendait le portrait d'elle, décroché du mur.

– Je te rends tes lettres et tes photos, ironisa-t-il avec un faible sourire. Tes traces seront douloureuses, enlevons tout de suite cette grosse épine.

– Je ne sais pas pourquoi, dit-elle, je n'ai pas le sentiment de te quitter.

– Moi non plus, répondit-il. C'est pourtant le cas, je t'assure.

De retour à la Fiat, elle téléphona à Julien pour l'avertir qu'elle rentrerait directement à Soulac, sans s'arrêter à Bégadan. Il n'y avait aucun problème, disait-il, les enfants l'embrassaient, ils avaient passé une journée formidable.

Elle eut l'impression curieuse, en poussant la porte de *Marie-Luce* désertée, d'y revenir des années plus tard. Les couloirs, la cuisine, quand elle allumait les lumières, témoignaient d'une vie à laquelle elle aurait été extérieure, huissier chargé d'estimer les lieux. Même sa bibliothèque, dans l'entrée, lui faisait l'effet d'un cimetière sur lequel des araignées montaient la garde.

Elle tenait son portrait roulé à la main. « Tes traces... » Elle le posa, ainsi que son sac, se rendit dans le couloir, sous les affaires d'hiver – elles avaient remplacé celles d'été – à la recherche des photographies et de la seule lettre d'Arnaud. Était-elle bête... Elle les avait cachées au grenier. Elle y monta, examina le contenu d'une boîte d'archives, avant d'obliquer en direction d'une chaise au coussin crevé, que Julien ne réparerait jamais. « Jamais ? » Enfin elle se souvint du recoin, entre pilier et charpente, où, par crainte d'un rat, personne n'osait envoyer la main. Quand elle y lança la sienne, elle ne ramena qu'un peu de gravats, et des débris végétaux.

Elle crut perdre la tête un bref instant, elle était sûre... Se ressaisissant, elle imagina qu'elle avait pu glisser ailleurs l'enveloppe compromettante. Dans la bibliothèque, au milieu d'un grand format ? Entre un matelas et un sommier ?

Elle redescendit quatre à quatre l'escalier, Julien ne tarderait plus à rentrer maintenant. Elle examina les ouvrages d'art, les atlas. Ce fut alors qu'elle nota un infime changement parmi les rayonnages. Elle avait l'habitude de les ranger elle-même, au point que Julien, s'il désirait un volume, la flattait en le lui demandant – et surtout, d'en vérifier le parfait alignement, tapotant les titres d'un geste machinal lorsqu'elle passait devant. Tous étaient décalés, à l'exception des bandes dessinées et des ouvrages techniques. Si chaque livre avait été fouillé, que fallait-il penser du reste de la maison ?

Elle se précipita à la cuisine, flanqua le portrait dans l'évier où il se déroula lentement tandis qu'elle y mettait le feu. Et se regarda flamber jaune, rouge, orange, avant de disperser les cendres noircies sous le jet d'eau.

Chapitre 15

À dix heures du soir, Jean-Pierre et Cyril étaient bien *entamés*. Ils attendaient Bruno et son 4 × 4 au bar d'un restaurant du Verdon, tenu par des amis de la famille. Tous deux supputaient les routes dérobées qu'il devait être en train d'emprunter pour échapper aux tests d'alcoolémie.

– Je sais où niche l'Étranger ! cria Bruno en entrant.

Il tint assez de temps la porte ouverte, la poignée sous la main, pour qu'on lui fasse signe, derrière le bar, qu'il y avait des clients, et, avec un clin d'œil, de la mettre en veilleuse.

– Raconte ! chuchota Cyril, excité, lorsqu'il les eut rejoints.

Bruno expliqua qu'il avait profité d'un après-midi de chômage pour aller reconnaître des coins à civelles, les larves d'anguilles payées au prix du caviar, dont la pêche est interdite. Il avait été surpris dans une matte par Arnaud qui s'y promenait le nez au vent. Ils s'étaient salués poliment. Bruno l'avait suivi de loin, à son insu. Arnaud avait regagné un carrelet sur la Gironde.

– Celui de Manitou, précisa Bruno. Oh ! patronne. J'ai soif !

– Je croyais qu'il ne le louait qu'aux grandes marées, dit Jean-Pierre. Ça signifie que l'Étranger l'est moins, puisqu'il a des amis, et que Manitou doit y trouver son compte. La paix soit avec eux. Remets-moi la même chose, s'il te plaît, ma belle...

– Ils sont cocus mais ravis, se gaussa Cyril.

Bruno bondit de son tabouret. L'envie le démangeait depuis longtemps de lui casser la figure, s'il n'avait été de sa famille et à ce point chétif. L'occasion approchait néanmoins.

– Laisse-moi t'expliquer, dit précipitamment le cousin. Ce genre de voyageur existe aussi chez nous. À peine posés, ils émettent un signal, comme les criquets. Vous ne l'entendez pas, mais vos femmes, oui.

« Tu prétends que la tienne serait différente ? Mon pauvre ! Tu portes déjà les cornes... Si elle faute, tu n'en sauras rien, et si elle ne faute pas, elle aura des idées quand même.

« On appelle ça un suborneur, continua Cyril. Il ne se vante pas d'être le chéri de ton épouse, de ta voisine, de ta sœur, de ta fille bientôt. Mais elles, tu imagines qu'elles t'en parleront, malheureux ? J'ai connu un Portugais pareil que lui. Une dizaine d'enfants ignorent qu'il est leur père. C'est une autre espèce d'hommes, je te dis, qui opère sournoisement.

– Tu as vu tout ça aux jumelles ? s'étonna Jean-Pierre.

– Je les sens. (Cyril renifla.) Ou plutôt, je ne peux pas les piffer.

– Ils t'ont fait quelque chose ? demanda Bruno, calmé.

– Le Portugais, oui. Attends donc que ta fiancée ait un méchant secret, une expérience qu'elle ne veut pas dire, et qui te bouffe la vie, jusqu'à ce que tu apprennes l'existence du suborneur – il s'est servi d'elle comme d'un mouchoir, pire même.

« Allez-y, laissez chanter le vôtre dans le marais ! Je répète : le néfaste, on l'élimine avant qu'il se propage... Mais je ne suis pas chez moi.

– Le Portugais, vous l'avez... ? demanda Jean-Pierre.

– Une vive recommandation. Il a quitté la région.

Depuis le début, la salle silencieuse écoutait le cousin.

– Bon, décida Bruno, on va délivrer un petit avertissement.

Cyril sauta à son tour au bas du tabouret :

– Yahou ! C'est chaud-bouillant !

– Un avertissement seulement, insista Bruno. Parce que si tu aimes les coups, méfie-toi qu'un jour je ne commence pas par toi.

Avant de partir, ils empruntèrent une bouteille de Ricard.

Ils se garèrent à l'entrée du chemin, sous le bouquet de chênes où se trouvait déjà la 125 d'Arnaud. Ils coupèrent les phares et restèrent un moment à l'intérieur du tout-terrain. Leurs yeux s'habituaient à l'obscurité.

Ils se tendaient une dernière fois la bouteille qu'ils buvaient au goulot. Lorsqu'ils sortirent, sans que les frères l'aperçoivent, Cyril creva les pneus de la moto à l'aide de son canif de poche.

– C'était pour qu'il ne s'enfuie pas, se disculpa-t-il un instant plus tard.

– Celui de derrière suffisait, remarqua Jean-Pierre.

Bruno leur intima le silence. Ils marchaient maintenant le long du sentier, une bande claire entre les herbes. La lune n'était plus qu'à son quart et basse sur l'horizon. Les étoiles n'en brillaient que davantage.

Quand ils débouchèrent sur la rive, ils coururent pliés en deux comme des militaires jusqu'à une position où ils se tapirent en observant le carrelet, à quelques mètres du pied de sa passerelle. Une seule fenêtre, à l'arrière, révélait par intermittence à la lueur adoucie d'une lampe à pétrole le sommet mal peigné des cheveux d'Arnaud.

– On y va ? chuchota Cyril.

– Attends, dit Bruno en le retenant par la manche.

– Qu'est-ce qu'il y a ?

– On va faire un boucan du tonnerre en s'engageant là-dessus. (Bruno désignait l'arche en bois.) Et à la queue leu leu. Imagine qu'il ouvre le premier, avec un couteau. Ou un fusil.

– Tu as une autre solution ?

– Quand le gibier est trop loin, on l'attire.

Il se leva avec détermination et rejoignit le panneau « Danger ! Pièges mortels », imité par les deux autres.

– Eh ! cria-t-il. L'Étranger ! Viens voir deux secondes, tu veux ?

Arnaud, sans saisir les mots, n'avait entendu qu'une voix d'homme. Sa silhouette s'encadra dans la porte ouverte. De là où il était, il ne discernait que des formes sur le rivage.

– Attendez, dit-il. Je vais chercher la lampe.

Il ressortit en l'élevant au-dessus de sa tête, avança de quelques pas sur les planches. Les visages des jeunes gens lui étaient inconnus.

– Elle est à vous cette cabane ? demanda rudement Bruno.

– Je l'ai louée.

– À qui ?

Arnaud donna le vrai nom de Manitou.

– Ça m'étonnerait, dit Bruno. Il la loue qu'aux grandes marées. On n'est pas aux grandes marées.

– Mais je vous assure...

– Excusez-nous, on voit beaucoup de squatters par ici. Et squatter, ça rime avec voleur, avec menteur. Vous avez vos papiers ?

– De quel droit ? Vous êtes de la police ?

– La police ne vient pas par ici, monsieur, continua Bruno. On est bien obligés de la faire nous-mêmes. Vous avez peut-être raison, mais nous, on ne sait pas qui vous êtes, rien. On ne nous a pas prévenus. Alors, ce qu'on va faire, c'est noter votre identité. Si vous avez votre conscience pour vous, parfait. Mais si vous déguerpissez pendant la nuit, on sait à qui la communiquer.

– Qu'est-ce que c'est que cette histoire ?

– Il y a déjà eu pas mal de cabanes abîmées, dans le coin, répondit Bruno. Allons, croyez-moi, monsieur, on note votre identité et tout le monde va se coucher tranquille.

Arnaud rentra en pestant dans le carrelet. Ils l'entendirent fouiller à la recherche de son portefeuille. La minute d'après, il descendait la passerelle et tendait, raide, son passeport à Bruno.

– Tu veux bien emprunter la lampe à ce monsieur ? demanda-t-il à Jean-Pierre, tandis qu'il faisait mine d'examiner à sa lumière le fascicule. C'était la première fois qu'il en voyait, il se sentit ridicule d'ignorer à quelle page l'ouvrir. L'instant d'après, la honte se transformait en colère.

– Vous avez de drôles de manières, dit Arnaud. Je connais quelques personnes dans la région et jamais…

– On sait, le coupa Jean-Pierre.

– Pardon ?

– Elle est bonne, Laguibson ? demanda Bruno en jetant le passeport dans la boue.

– Ce n'est pas beau de voler les femmes des autres, dit Jean-Pierre.

Arnaud avait compris en suivant le trajet de ses papiers. Cela faisait longtemps qu'il ne s'était plus battu, il avait rarement remporté la victoire. Il envoya son poing au milieu, crut-il, du visage de Bruno, écrasa une lèvre, glissa sur une dent et perdit l'équilibre. En se relevant, il retrouva son adversaire précédé d'une planète qui arrivait à vitesse prodigieuse. Il fit la connaissance du noir total en même temps qu'il entendit les os de son nez craquer.

Bruno recula en se massant la main.

– KO en un coup ! admira Jean-Pierre.

Cyril était resté muet, en arrière d'eux, savourant chaque miette du spectacle. Ils le virent trop tard entrer dans le cercle de lumière. Le cousin flanquait déjà un violent coup de pied dans la tête d'Arnaud, essayait maladroitement, parce qu'elle glissait, de l'écraser du talon. Quand les frères se précipitèrent sur lui, Jean-Pierre laissa tomber la lampe, qui cassa et s'éteignit. Bruno réussit à attraper par le poignet la créature qui se débattait en tout sens dans le noir et hurlait des obscénités. Aidé de Jean-Pierre qui la maintint, il cogna jusqu'à en avoir mal au bras. Ce fut long avant qu'elle se taise.

Chapitre 16

Le lendemain était un dimanche. Ils avaient ramené les enfants dans la nuit, s'étaient réveillés tard. En poussant les volets, Sandrine fut éblouie par la luminosité du jour. Le soleil rayonnait comme d'habitude, mais un vent de nord s'était levé, qui ramenait la température à des proportions plus humaines.

– Un temps à aller à la plage, dit-elle.

« Aux Arros ? demanda-t-elle en se tournant vers le lit. Tous ensemble, qu'est-ce que tu en penses ?

Julien, la nuque dans l'oreiller, les bras sagement rangés au-dessus du drap, clignait des yeux dans la lumière. Elle avait craint qu'il préférât la baïne, plus sauvage, tandis que les Arros, cela signifiait rencontrer des amis, des connaissances, se regrouper parfois. Mais Julien n'avait rien contre la compagnie, il effectuait déjà, le regard au ciel, un choix douloureux : qu'allaient-ils nécessairement abandonner à la maison, Maxime et lui, du ballon de foot, des raquettes, du cerf-volant chinois, des planches de body-surf ou de swim-surf ?

Elle descendit préparer le petit déjeuner dans la cuisine. Une quiétude l'envahissait, dont elle reconnut le goût de cannelle et de miel, celui du repli sur soi en hiver. Ses envies avaient à neuf heures quelque chose de flottant, comme un corset qu'on dénoue, ne pas trop en faire, mettre les pouces, lire un livre. Elle se surprit à chantonner en cassant des œufs sur le plat.

Plus tard dans la matinée, elle se rendit en ville pour acheter les ingrédients, votés à l'unanimité, d'un pique-nique. Certains nécessitaient les étals du marché, d'autres, l'épicerie habituelle. Elle retrouva avec un plaisir qui lui parut antique, presque perdu, les visages familiers des commerçants – lorsque ces derniers l'apercevaient, ils ralentissaient l'allure afin d'échanger des nouvelles, au grand dam des touristes pressés, ou bien qui la fixaient en cherchant à reconnaître une célébrité, ce qui est agréable.

Elle s'arrêta les bras chargés au croisement de la rue qui donnait sur l'hôtel Saint-Louis. Un couple en sortait, accompagné d'un enfant. Elle reprit rapidement son chemin, comme si on avait pu l'observer de là-bas. À la pensée que Manou ne l'avait pas appelée depuis plusieurs semaines, le rouge lui montait au front.

Il y avait peu de monde lorsqu'ils arrivèrent aux Arros, aussi établirent-ils le campement en carré, de manière à ce que leurs amis, qui étaient surtout ceux de Julien, puissent rayonner alentour. Ils nichèrent au cœur des quatre serviettes la glacière, les jeux, le parasol et le pliant. Sandrine, en lisant à l'ombre, excusait d'une certaine façon d'être moins bronzée que ses voisins, pour la plupart du Sud-Ouest, dont la peau n'attendait qu'un rayon pour s'illuminer, comme si le soleil répondait à un autre, de l'intérieur, qui doublait le gain.

Elle avait emporté un roman neuf, elle n'en lut pas dix pages. Après le pique-nique, Célia l'accapara, c'est-à-dire, lui fit creuser un trou, le remplir d'eau, peupler ses abords de marionnettes confectionnées avec des algues, du bois, de la ficelle ramassée, bâtir à ces dernières des maisons de sable, leur insuffler la vie en les amenant goûter les unes chez les autres, en les regroupant toutes afin qu'elles aillent se baigner. À ce moment précisément survint un effroyable cataclysme, qui emporta le village et ses habitants. La marée était montée dans leur dos, les laissant éclaboussées, stupéfaites.

– Courage ! dit Célia. Sauvons-les !

À son tempérament envahissant, Sandrine opposait d'habitude un stop. Elle n'avait jamais été voir jusqu'où sa fille l'emmènerait. Le regard de cette dernière la scrutait, vérifiant qu'elle participait, puis, rassuré, retournait à l'intrigue. Quand elle leva la tête, Sandrine s'aperçut que des serviettes avaient poussé autour des leurs, dans la pente. Elles revinrent en se tenant par la main.

Elle eut à peine le temps de saluer leurs amis, Maxime avait guetté son retour. Puisque Julien était embarqué dans une discussion qui deviendrait interminable, à mesure que les arrivants se grefferaient dessus, son fils entraîna Sandrine de nouveau près de la grève où leur jeu de raquettes et de balle ne gênerait personne. Ils étaient d'une habileté équivalente qui leur valait de longs échanges, des fous rires, des plongées dans le sable et parfois dans l'eau. Au-dessus d'eux commençaient à s'élever les cerfs-volants, les ailes aux tons vifs des kite-surf. Le rivage prenait une teinte subtilement dorée, les vagues éclataient avec ampleur. Sandrine profitait des passes ratées pour contempler Maxime. Ses membres étaient ciselés avec la délicatesse de ceux des oiseaux, le soleil les vernissait marron d'Inde. Avec ses yeux veloutés, songeait-elle, il ressemblait à un Philippin.

Lorsqu'ils voulurent tous deux se baigner, ils décidèrent d'aller jusqu'à la zone autorisée, que matérialisent des fanions bleus, sur laquelle veillent des maîtres-nageurs munis de palmes. Ils longèrent le rivage en direction de la station. Parce qu'elle rêvait, Sandrine ne vit pas le moment où son fils lui sauta dans les bras. Mais il était bel et bien accroché, des jambes lui serrant la taille, au risque de la déséquilibrer, il lui dit dans le cou :

– J'ai peur qu'un jour tu me quittes.

Maîtrisant la chamade de son cœur, elle attendit qu'il se laisse glisser sur le sable avant de s'agenouiller devant lui.

– Écoute, dit-elle. Tous les enfants craignent que leur maman les abandonne dans un monde froid et hostile. C'est une affreuse vision, vraiment, comme celle des monstres poilus qui habitent sous les lits. En réalité, les monstres poilus habitent-ils sous les lits ? Réponds-moi sérieusement.

– Non, bien sûr.

L'ombre d'un sourire moqueur venait d'apparaître sur son visage. Elle poussa un soupir de soulagement.

– Pourquoi "bien sûr" ?

– Parce que ça n'existe pas.

– Les mamans qui disparaissent non plus. Comment peux-tu penser une chose pareille ? Je t'aime tant, jamais je ne pourrais te quitter...

– C'est vrai ?

– Mais oui. Je ne suis rien sans toi. Mon existence n'a pas de sens si nous sommes séparés, tu comprends ?

Il se blottit à nouveau dans ses bras. Une vacancière, à quelques mètres, les regardait avec envie. Sandrine ferma les yeux en tâchant d'apaiser ses propres battements de cœur.

Le nombre de draps de bain avait augmenté, d'autres parasols avaient surgi. Les hommes et les femmes étaient à présent scindés en groupes distincts. Les *drolles* construisaient en contrebas des barrages contre la marée. Leurs mères accueillirent Sandrine avec des exclamations de joie. À l'autre extrémité du bivouac, les hommes palabraient à voix assourdie, en cercle, comme s'il y avait eu un feu de camp entre eux.

– De quoi parlent-ils ? demanda-t-elle en reprenant son livre, sa place à l'ombre.

– De castagne, répondit sa voisine. Il paraît qu'un étranger s'est fait tabasser cette nuit.

– Un Allemand, précisa l'une des femmes.

– Où as-tu été pêcher ça ? dit la voisine. Tu as l'oreille fine, pardine ! Il est allemand comme moi !

Elles rirent. Une autre reprit :

– Des jeunes de Carcans, ou de Hourtin, va-t-en savoir. Ils ont pris le malheureux pour un pilleur de cabanes.

– On les a arrêtés ? demanda Sandrine.

– Penses-tu, personne ne leur portera la main dessus. Les pauvres ! Ce sont de braves garçons, ils se sont trompés, voilà tout.

– C'est arrivé où ?

– Du côté du port de Goulée, sur La Rivière.

Sandrine compta jusqu'à dix avant de se pencher discrètement sur ses affaires, à la recherche de son portable. Les hommes avaient cessé de parler, certains la fixaient. Ses gestes lui semblèrent d'une lenteur interminable, il lui fallut se concentrer pour trouver le téléphone dans son sac, se lever, poser un pied devant l'autre, s'éloigner enfin. Les regards masculins la poussaient aux épaules.

Arnaud décrocha immédiatement.

– Où es-tu ? demanda-t-elle.

– Oh ! Déjà au courant… À la polyclinique de Lesparre.

– J'arrive tout de suite, dit-elle.

– Ne viens pas.

Sa voix était nasillarde, fatiguée.

– Il passe sans arrêt du monde. Des policiers. Un journaliste. Les infirmières. Je sors demain. Ce n'est pas si grave. Mais : nez cassé, une moitié du visage abîmée… Je te préviens, je ne suis pas beau à voir. Coin-coin, dit-il encore en accentuant son ton de clarine.

Elle rit, au bord des larmes.

– Tu as mal ?

– J'aurais pu m'en tirer moins bien. Je pense à mes dents notamment. Je pense à toi. Tu es seule ?

– Oui.

– Je ne l'ai dit à personne, je ne voulais pas que ça te retombe dessus. Ton mari est dans le coup. Ce sont des méthodes dc mafieux. J'ai peur pour toi.

Quand il eut fini le récit de la nuit, elle dut s'allonger et reprendre sa respiration. Autour d'elle, le sable se creusait d'ombres, les enfants sortaient à contrecœur de l'eau, les parents se rhabillaient avec des gestes pudiques. Elle n'aurait jamais imaginé Julien capable d'une telle saleté. Elle demeurait le souffle coupé.

– C'est d'une lâcheté... confirmait Arnaud.

Elle se souvint de Julien à vingt ans, de son sourire clair – à l'époque, nul doute qu'il se serait rendu en personne à la cabane. Elle se rappela aussi la petite voix qui avait chuchoté en elle, au moment de leur mariage, « Tu épouses un chasseur, un fils de cultivateur, et ça, tu ne pourras pas le changer ». Revenaient les fois où, au prix d'un effort, elle avait pardonné l'estime dans laquelle il se tenait lui-même, malgré les plis accumulés au-dessus de la ceinture, son goût étrange pour les situations tordues. Elle avait toujours pensé que l'amour devait mettre du temps à s'éteindre. Elle découvrit qu'il pouvait casser net. La voix, après des années souterraines, reprenait du service et criait au tyran.

– Ils ne m'ont pas tué, disait Arnaud. La leçon doit me suffire, je suppose. Je te répète, c'est pour toi que j'ai peur maintenant.

– Tu n'as aucun souci à te faire.

Le ton était si glacé, la fierté si souveraine, qu'Arnaud en fut rasséréné.

Elle revint à grandes enjambées furieuses. Au vingt et unième siècle, malgré l'égalité des sexes, la parité, la banalisation des mœurs, bien que des générations de femmes eussent œuvré péniblement, pied à pied, à leur autonomie, les mâles continuaient à se comporter comme il y a deux mille ans. En dictateurs. En persécuteurs. Qu'espéraient-ils ? Une bonne petite lapidation, peut-être ? se demandait-elle en rendant regard pour regard, sans qu'un seul soutînt le sien, surtout pas celui de Julien.

Elle réunit le matériel de plage, aidée par Maxime et Célia. La rumeur des mères bruissait dans son dos. Elle n'exploserait qu'après son départ, se propageant dans toutes les directions.

Quelques secondes, alors qu'ils longeaient une avenue déserte, parallèle à la populeuse rue de la Plage, sur le trottoir balayé par le sable, dans la lumière que certains soirs d'août empruntent à l'automne – Julien et Maxime devant, chargés du parasol, de la glacière, des jeux ; Célia et elle, main dans la main, derrière –, Sandrine eut l'impression que rien n'avait changé, que la vie continuait. Mais en arrivant à la villa, chacun s'enferma dans une pièce. Une fatigue inhabituelle s'était emparée des membres de la famille. Dans la cuisine, elle attendit une scène qui ne vint pas.

Ils dînèrent tôt, sans avoir prononcé dix mots. Quand

elle eut fini la vaisselle, Julien posait déjà sa tête sur l'oreiller et feuilletait *Sud-Ouest Dimanche*.

– Je n'ai pas envie de partager le même lit que toi, dit-elle abruptement

– Ça tombe bien, moi non plus. Mais puisque tu as abordé le sujet, je ne t'empêche pas de prendre le canapé.

Chapitre 17

Éléonore manifestait les plus vifs signes de contentement en descendant du 4 × 4 Mercedes qu'elle avait garé d'une main sûre devant le chai. Le concessionnaire – il lui avait apporté afin qu'elle l'essaie – sortait par la portière opposée.

– Puisque vous voilà, c'est à votre tour, dit-elle à Sandrine. Vous verrez, de là-haut, on domine tout.

Elle s'assombrit en remarquant la gravité de son employée.

– Quelque chose ne va pas ?

À neuf heures, le lundi matin, la chaleur tremblait déjà au-dessus des tuiles de l'écurie, d'où s'échappaient des guêpes.

– Je voudrais m'en aller, madame.

– Comment ça ? Définitivement ? s'exclama Éléonore.

Sa méprise tira un sourire à Sandrine.

– Pour la journée seulement. Je serai là demain.

Éléonore l'attira à l'écart, après avoir prié le marchand de l'attendre une seconde.

– J'aimerais vraiment avoir cette journée, dit Sandrine.

– Est-ce que je peux faire autre chose pour vous ? Si vous avez un problème, si vous voulez en parler...

– Tout va bien, dit Sandrine, qui ne put s'empêcher de sourire franchement cette fois.

– Comment trouvez-vous la voiture ? C'est votre idée, après tout. Trahit-elle assez la prospérité à votre goût ? C'est d'un luxe !

Elles se tournèrent en direction du véhicule. Le concessionnaire, à côté, s'efforçait de prendre un air détaché.

– Bah ! Par quoi a-t-on remplacé le cheval... soupira Éléonore. À l'avenir, s'il vous plaît, ne m'appelez plus "madame". Vous m'avez flanqué une de ces frousses !

– Comment dois-je vous appeler, alors ?

– Je préférerais Éléonore.

Arnaud venait seulement de rentrer à la cabane. Son ami Manitou l'avait déposé. Il avait craint qu'en son absence ses appareils, ses affaires ne fussent dérobés ou vandalisés. À l'intérieur régnait le soin qu'il aimait. Il reconnut le moteur de la Fiat au loin, entendit une portière claquer. Plus rien, puis des talonnettes heurtèrent vivement la passerelle. Il resta exprès le dos tourné à la porte ouverte.

Elle glissa les doigts sous ses cheveux, dans la nuque. Une partie avait été rasée près de la tempe.

– Mon pauvre amour, dit-elle.

Il se retourna. Un plâtre lui mangeait le nez, recouvert d'un pansement blanc. Ainsi qu'il l'avait dit, le côté droit de sa figure était touché, jaune beurre, avec la pommette lie-de-vin qui remontait nettement violet sous l'œil rétréci. Elle effleura ses blessures du bout de l'index, gémissant à sa place.

Elle défit le lit.

– Allonge-toi.

Ôta ses souliers, déboucla sa ceinture. Tant d'empressement, de détermination surtout, comme s'il fallait absolument que cela eût lieu sur-le-champ, pour une impérieuse raison, commença par amuser Arnaud avant de lui tirer une plainte, sous l'effet d'une douleur dans le cou.

– Tu crois ? demanda-t-il.

– Pardon. Ne bouge pas. Laisse-moi faire.

Plus tard, allongée dans sa position favorite, le menton posé dans une main, de l'autre grattant machinalement la poitrine d'Arnaud, elle détailla les dessins suspendus aux parois. La pince où était accroché son portrait pendouillait au-dessus de l'espace resté vierge.

– Quelque chose s'est cassé avec Julien, dit-elle.

– Mon nez.

– L'amour s'est éteint sous mes yeux en quelques minutes. Depuis j'ai beau le secouer, il est mort.

– Ça te rend malheureuse ?

– Si la situation devait changer, cela m'ennuierait qu'il oublie les bons moments que nous avons passés ensemble.

– Que comptes-tu faire ?

Le doigt cessa son travail au milieu des poils. Elle mit un temps avant de répondre :

– Tu m'inviterais dans ta barque, Arnaud Perudo ?

Il avait plusieurs fois évoqué cette possibilité. Elle n'était pas pour lui déplaire. Il vieillissait, il avait envie d'un grand appartement – pourquoi pas une maison ? – et besoin d'un motif valable pour la concrétiser : une famille. La vision d'enfants qui ne seraient – chance pour eux – pas les siens, courant à travers les pièces blanches d'un nid à aménager, le réjouissait. Il les verrait grandir sans la responsabilité paternelle.

Quelques-uns de ses amis étaient dans ce cas, des voyageurs au long cours qui avaient posé leur valise près d'une mère de leur âge. Ils ne décrochaient pas, ils avaient l'air heureux. Apaisé, en tout cas.

Avec qui mieux que Sandrine pouvait-il habiter ? C'était la femme de sa vie. Il avait fallu le regard de son père pour acquérir la certitude qu'elle lui était destinée depuis la nuit des temps, c'est-à-dire avant même qu'il naisse.

– Tout de suite, si tu veux, dit-il.

Elle l'embrassa, appuya la joue contre son sternum.

– Comme j'aimerais... Au fait, quelle heure est-il ?

– Tu ne travailles pas aujourd'hui ?

– Je me suis arrangée. En fin d'après-midi, nous irons a la plage. Ce soir je reste avec toi.

Ils n'avaient pas vu passer le temps, il était près de quinze heures.

– Je file chercher trois affaires pour demain matin, dit-elle. Laisser un mot à Julien.

– Et si tu changeais d'avis là-bas ? Ce sont des choses qui arrivent.

Elle tendait déjà la main vers ses vêtements.

– La moto est réparée ? demanda-t-elle.

– Manitou s'en est chargé hier. J'aurai peut-être des problèmes pour enfiler le casque, mais...

– Donnons-nous rendez-vous à la baïne, dans une heure.

– Laisse-moi t'accompagner.

– Je ne préfère pas. C'est chez lui, malgré tout.

Elle s'assit au bord de la couchette, lui caressa les cheveux.

– Écoute, je te laisse mon sac en gage. Il y a tout dedans. Je n'emporte que mes clefs. Te voilà rassuré ?

Chapitre 18

Julien n'avait pas l'habitude de revenir à la maison avant la fin de la journée, ni, surtout, de garer sa voiture sur l'herbe au milieu du jardin. En passant devant *Marie-Luce*, Sandrine hésita à s'arrêter. Elle se rangea cependant le long du trottoir, l'inquiétude l'emportait.

Elle trouva son mari dans le salon dont toutes les fenêtres étaient ouvertes. Un vent frais courait jusqu'à l'étage, où elle entendit une porte battre. Il était assis sur le canapé, à côté des draps de la veille pliés, les mains entre les genoux. Sur la table basse, devant, une bouteille de pastis, un verre, un cruchon d'eau.

– J'ai commencé au pastis, dit-il en suivant le regard de Sandrine. Ce matin tôt avec les copains. Alors je continue.

Sandrine l'avait rarement vu saoul. C'était une ivresse

froide, presque invisible, que ne révélait qu'un changement dans la voix, devenue lente et dure.

– Avec les copains du projet, précisa-t-il. Tu te rappelles que je travaille à un parc régional ?

– Oui.

– Bien, très bien... Que c'est le projet de ma vie, je n'en trouverai pas d'autre tel que celui-là...

– ...

– Je l'ai sabordé ce matin. Je leur ai dit leurs quatre vérités.

– Pourquoi ?

– Soif.

Il se pencha au-dessus de la table, se confectionna un verre dans le glouglou de l'eau et le but d'un trait, la tête rejetée en arrière. Sandrine n'osait plus bouger.

– Peut-être est-ce une question de tempérament, répondit-il enfin. Ça paraît trop beau. Je *crois* que je suis de taille. La peur de gagner ? J'attends le dernier moment pour tout foutre en l'air. Un peu comme ce qui se passe avec toi...

Il la regarda en étirant les lèvres, en plissant les yeux, un pauvre sourire forcé.

– Je *croyais* que tu m'aimerais. Que je serais à la hauteur. Je l'ai cru longtemps... Même quand les indicateurs étaient dans le rouge. Jusqu'à hier, en fait.

Elle se lança :

– Tu n'aurais jamais dû faire ça, dit-elle.

– Quoi, le projet ? Ils m'énervaient, avec leurs mines de faux-derches. "Tout va bien, Julien ?" et "Tu es sûr que ça va en ce moment ?"...

– Je veux parler d'Arnaud.

Il se redressa net, comme piqué dans les reins par une aiguille.

– Oh ! Tu veux parler de cette sordide affaire ? Tu as pensé qu'elle venait de moi, hein ? Je n'y suis pour rien. Je ne regrette rien non plus, remarque. Sinon d'avoir vu ton regard, lorsque tu es revenue parmi nous. Des yeux de chienne enragée. Tu m'aurais tué. Oui, je regrette d'avoir vu ces yeux-là dans mon existence.

« Il y a une deuxième explication au geste de ce matin, avec les copains. Je me sens sale, indigne d'eux. Pourri. C'est normal, tu as rencontré un corrupteur. Un beau fruit ne doit pas toucher un fruit gâté, sinon le panier sera contaminé. Tes parents ne te l'ont pas appris ? Tu ne dis plus rien ? Comme tu voudras... (Il se fabriqua un autre verre, le but avec la même rapidité.) Tu sais pourquoi je t'ai laissée faire ? reprit-il. Car je t'ai laissée faire... Je me disais que je ne pouvais pas tout t'apporter. Que nous ne venions pas du même monde, qu'un jour ou l'autre, fatalement, il y aurait un manque en toi, et tu chercherais à le combler. Nous ne sommes pas beaucoup sortis du Médoc. C'est ma faute. Ailleurs, je suis privé d'air. Même à Bordeaux, j'étouffe. Mais toi ?

« J'étais presque content d'apprendre qu'il s'agissait d'un photographe, d'un Parisien. Un homme qui a l'œil pour les femmes, qui s'intéresse à la vôtre, ça provoque une fierté, c'en est presque valorisant. Et puis ce genre de type se lasse vite... Tu me serais revenue en pleurant, mais *complète*. Je t'aurais taquinée à propos de lui dans nos vieux jours. On voit de ces grands-parents se reprocher une infidélité pleine de poussière... La jalousie, c'est de l'amour qui cuit encore.

« Et tu m'es revenue transformée ! J'avais raison ! Au château, tu as accompli des prodiges !

Il s'étrangla, toussa.

– Pourquoi ne pas m'en avoir parlé ? demanda-t-elle.

Elle n'eut pas le temps de continuer.

– Ta gueule ! cria-t-il. À peine tu l'ouvres et c'est ma faute ? Un reproche, dans ma situation ? Tu me dégoûtes, toi aussi... Car tu as perdu des choses en route...

Sandrine chercha ses yeux : ils s'étaient d'un coup embués.

– Ta droiture, dit-il. Elle était légendaire. Ton jugement, ta dignité. Ta colonne vertébrale. Comment astu pu penser que j'enverrais quelqu'un lui casser la figure ? Le venin t'a gagnée, ma pauvre. Oh, j'en connais le goût ! Je l'avais dans la bouche au réveil. Il est amer. J'ai beau le rincer, il ne part pas. Il ressemble à la répugnance qu'on inspire. Pour toi, après quinze ans de vie commune, je ne suis qu'un paysan mal dégrossi, non? Détrompe-moi.

Elle eut une seconde d'affolement qui la perdit.

– Au fait, demanda-t-il, qu'est-ce que tu fiches ici, à cette heure?

« J'y suis! (Il se frappa le front.) Tu es venue chercher un maillot de bain. Tu as rendez-vous à la plage ou quelque chose comme ça...

Il se leva, contourna la table basse, la saisit sans ménagement, la poussa dans le couloir. Elle avait ramené instinctivement les bras devant la figure.

– Pardon, Julien, pardon...

Parvenu dans la cuisine, il tira la targette du placard à balais, fourra Sandrine dedans, referma le battant et, pour plus de précautions – la targette était mince –, poussa le vaisselier devant la porte.

– Je t'en supplie... hurla-t-elle.

Il retourna au salon s'en jeter un dernier, en profita pour fermer les fenêtres. Le cagibi, plus petit qu'elle, était dépourvu d'électricité, Sandrine piqua une crise d'hystérie. Les cris se mêlaient aux coups sourds, le buffet formant caisse de résonance.

– Je vais faire un tour au jardin, dit-il de retour dans la cuisine. Tu m'écoutes? Je rentrerai quand tu seras calmée. Puisque je suis étiqueté "mari violent", autant en profiter un peu, non? Ce serait dommage... J'ai à te parler sérieusement. Je ne tiens pas à ce que tu t'envoles.

– Sors-moi de là !

– Plus fort, s'il te plaît, quand je serai dans le jardin. Je voudrais entendre jusqu'où le son porte.

Le temps parut interminable à Sandrine avant qu'il revienne. L'exiguïté du réduit ne lui permettait ni de s'asseoir ni de se lever. Les cuisses, le dos commençaient à la faire souffrir. Enfin elle reconnut le bruit de ses pas, le tintement d'un verre.

– Je te demande pardon, répéta-t-elle.

– Et moi je t'ordonne de te taire. Sinon la sanction sera la suivante : je file à Bégadan dormir avec les enfants et je te laisse là.

Il remuait une chaise. Il avait dû s'asseoir à côté du meuble, sa voix s'était rapprochée.

– Tu sais qu'on ne m'appelle plus "l'Ingénieur", en ville, maintenant, mais "le Coq". "Le Coq", comme "le Fakir" ou "l'Anguille"... Le surnom et l'histoire qui va avec. Je viens de l'entendre, au Café de l'Armistice. "Le Coq" pour le cocu...

« Tu n'auras rien à attendre de moi. Je transformerai ton existence en enfer, je ferai en sorte que tu n'obtiennes rien. Que tu quittes cette maison en chemise, que tu n'aies plus que tes yeux pour pleurer. Quant aux enfants, je me battrai pied à pied. J'ai déjà pris un avocat, rendu visite à l'huissier. Tu n'imagines pas le nombre de choses qu'on peut faire constater. Ni à quel point la procédure est une vengeance admirable. Elle dure longtemps et se déguste froide. J'en ai pour des années. Qu'est-ce que c'est ?

Une voix, depuis le hall-bibliothèque, venait d'appeler doucement « Sandrine ? ».

Julien bondit sur ses pieds et se retrouva nez à nez avec Manou dans le couloir. Son premier geste fut de lui barrer le passage.

– Dehors, vieille méduse !

– Comment me parles-tu ?

Elle avait le teint blanc d'inquiétude, au milieu ressortaient ses yeux creusés. Bloquant l'espace, il la força à reculer en direction du hall.

– Je te parle comme à une traîtresse. Une menteuse. Tu m'as assassiné. Quand je pense que nos grands-pères tiraient le filet ensemble...

– Tu n'es pas dans ton état normal.

– Fiche-moi le camp.

– Je suis venue voir Sandrine, c'est chez elle aussi, non ? Tout à coup, j'ai eu peur. Je ne me suis pas trompée. À présent, laisse-moi entrer.

– Sandrine est absente.

– J'ai vu sa voiture.

« Manou ! »

L'appel résonna comme sorti d'une cave.

« Sandrine ! » hurla Manou, sautant et tâchant d'y voir par-dessus l'épaule de Julien. Déjà ce dernier l'empoignait par le bras, la poussait rudement vers la sortie.

« Manou ! »

« Sandrine ! » eut-elle le temps de crier avant que Julien la jette sur le perron, claque la porte et la verrouille avec une violence telle que l'écho s'en répercuta dans la rue.

Le silence qui suivit frappa Sandrine, il semblait que la maison avait perdu haleine. Puis ce furent à nouveau les pas de Julien. Ils tournaient autour de la grande table. Pas de bruit de bouteille. Elle le sentait indécis.

Enfin, tout près d'elle, le gémissement des pieds du buffet, la targette qu'on tire.

– Sors de là, dit-il. Fous-moi le camp.

Le premier réflexe de Sandrine fut de se ruer sur son sac qu'elle crut posé sur une chaise, puis sur un fauteuil au salon, avant de se rappeler qu'elle l'avait laissé dans la cabane. Julien la suivait en ricanant :

– Tu es pressée d'aller le retrouver, hein ? Regardez-moi cette bâtarde que j'ai libérée. Tu sais pourquoi ? Manou est en train d'appeler la police pour séquestration. Pas bon dans mon dossier !

Sandrine s'élança dans le couloir, gagna le hall. Elle dut s'y prendre à plusieurs reprises pour déverrouiller le battant, un tremblement l'avait saisie, dont elle ne parvenait pas à se défaire.

– C'est ça, facilite-moi le travail, disait Julien derrière elle. Disparais !

Lorsqu'elle retrouva enfin le sol du jardin, le vent dans les cheveux, l'air respiré à pleins poumons :

– Abandon de domicile conjugal ! cria-t-il depuis le perron. Je ferai venir l'huissier !

Chapitre 19

Parvenu au sommet de la dune, Arnaud dénombra une quinzaine de personnes disséminées sur le rivage. Il choisit un emplacement point trop éloigné du passage d'où il venait de descendre, afin de guetter l'arrivée de Sandrine. Mais à peine fut-il allongé sur la plage qu'il s'endormit. Il ne vit pas les parasols se faner un à un. Lorsqu'il rouvrit les yeux, le sable n'éclatait plus de lumière, il rayonnait de l'intérieur, sous la teinte du pain qui cuit. Le ciel était d'un bleu soutenu.

Arnaud se leva et constata qu'il se trouvait désormais seul à perte de vue. Pour tout compagnons, une douzaine de goélands tournaient leur bec au vent, regroupés sur la partie émergée d'un banc de sable. À la suite d'une dispute incompréhensible, deux d'entre eux filaient à intervalles en découdre dans le ciel, criant et se poursuivant. La marée montait.

En consultant son portable, Arnaud apprit qu'il était dix-huit heures et qu'il n'avait presque plus de batterie. Il acheva de la vider en tâchant de joindre Sandrine plus tard, à dix-huit heures trente, avant de se rappeler qu'elle transportait son portable dans son sac. Il avait oublié d'emporter ce dernier. Cela le contraria, il se souvint du dicton selon lequel, à la mer, les ennuis ne s'additionnent pas, mais se multiplient. Le voisinage des éléments, le ciel, le soleil encore ardent, traçant à l'ouest une voie royale sur l'eau, le parfum de silice chauffée et de sel, contribuèrent à ce qu'il s'entende demander :

– Qui que vous soyez, faites qu'il ne lui arrive rien.

À dix-neuf heures, il enrageait d'être si impuissant. Escalader la dune, aller à sa rencontre sur le chemin ? Et si elle empruntait un raccourci inconnu de lui ? La devancer à moto paraissait tout aussi inutile. Quelle route prendre ? Ce serait le meilleur moyen de la rater.

Il alla se baigner, ce qui le calma. L'eau n'était pas froide. La crête des plus hautes vagues n'atteignait que sa poitrine, les autres s'alanguissaient le long de la côte avec un soupir de Méditerranée.

Il n'était inquiet qu'à propos de Sandrine. Pas pour lui-même, ni *a fortiori* pour eux deux. Il humecta son visage par petites touches, afin d'éviter de mouiller le pansement et le plâtre. Une espèce de pitié l'envahissait à mesure que le retard s'accumulait, comme si l'accident qui était sûrement en train de se produire ne le concernait pas, comme s'il se trouvait déjà, d'une certaine façon, prémuni contre lui. De quand datait sa distance ? Il aurait dit, depuis cet après-midi, lorsqu'il avait entendu la Fiat démarrer, s'éloigner. Il avait alors vu le couple qu'ils formeraient, Sandrine et lui, devant la caisse d'un supermarché qui restait ouvert tard le soir en hiver, porte de Clignancourt. Il avait ressenti la mauvaise grâce avec laquelle on effectue des courses pour des enfants presque inconnus. Il ne les avait rencontrés qu'une fois chez Anne-So, deux oiseaux du Sud que Paris rendrait blêmes et poitrinaires.

L'expérience – elle compensait chez Arnaud l'absence de réflexion – lui apprenait qu'il connaissait cette sensation. Il l'avait éprouvée quatre fois, lorsque, à la suite d'un imperceptible aiguillage, il avait semblé que l'élan, la joie, la promesse eussent emprunté une voie différente, tandis que sur la sienne il filait désormais vers l'avenir en captivité. Cela s'était déroulé à son insu, en moins d'une journée. Il se rappela les mots de Sandrine, l'amour s'éteint. La différence avec elle résidait en ce qu'il s'avérait incapable, lui, de donner une raison.

Olympia – prononcer O-lime-pilla – avait été la seule à s'enfuir sans trop de dommages. « Je dégage avant que tu m'anéantisses, avait-elle dit. J'ai trop envie de vivre pour que tu me carbonises, plutôt que d'avouer que tu veux me quitter. »

Il posa avec précaution son menton sur l'eau et entreprit de nager une brasse au-dessus de la nappe aurifère. Le soleil, au dernier moment, refusait de toucher l'horizon. Il songea aux trois autres femmes dont il avait partagé un temps l'existence. Qu'étaient-elles devenues ? Y avait-il eu supplément de vie, après avoir cassé irrémédiablement les leurs ? Pourquoi ne pas avoir laissé Sandrine tranquille ?

Il reprit pied.

– Merci du cadeau ! cria-t-il avec emphase à un éventuel créateur. Qu'attends-tu ? Que je me suicide ? Pas question. Toi qui es si puissant, vas-y, emporte-moi donc.

Le flot tirait aux mollets en direction du banc de sable où, de toute façon, l'on aboutissait. Arnaud fit la planche sur quelques mètres pour voir à quelle vitesse il serait éloigné du bord. C'était impressionnant. Quand il réalisa que le courant, après un ricochet, ne le dirigeait plus vers le banc, mais vers l'embouchure de la baïne, il découvrit avec surprise, bien qu'il se crût à quelques mètres du bord, qu'il n'avait plus pied. Il venait de tomber dans un trou.

– C'était pour rire, dit-il encore, avant de boire la tasse, de se remettre en position de brasse, de commencer à nager, malgré les conseils de Sandrine, avec une force dont il ne se savait pas capable.

Sandrine atteignit le sommet de la dune vers vingt heures. Elle était essoufflée. Elle avait effectué les trois quarts du voyage en proie à l'égarement, les larmes et les cheveux dans les yeux, sans même penser à remonter les vitres. Elle ne s'était apaisée qu'à la vue de la moto. Il était là, enfin. Elle avait subitement éprouvé l'envie de s'endormir sur son épaule. De tout effacer en bloc. Après être sortie de la voiture, elle s'était mouchée et recoiffée. Un rayon de miel coulait entre les troncs des pins. Elle était restée une seconde en arrêt dans la lumière où dansaient de minuscules insectes, respirant la résine. Fermant les yeux sous la caresse, elle se disait qu'à partir de maintenant l'avenir aurait la même couleur.

L'espoir la saisit lorsqu'elle aperçut en contrebas sur la plage son sac à dos, le casque, les vêtements sagement pliés. Où te caches-tu, mon amour ? Elle scruta l'écume déserte, le long de la grève. La partie scintillante ? Elle fit quelques pas de côté. Ce fut alors qu'elle vit un bras, une main se lever à contre-jour au milieu des ondulations dorées, à cent mètres du bord.

Elle dévala la dune, atterrit sur le sac qu'elle fouilla frénétiquement à la recherche de son téléphone, mémorisant déjà le numéro d'urgence. La batterie était déchargée. Elle se releva et le chercha des yeux. Quand elle l'eut retrouvé, bouchon blanc flottant à la surface de l'océan, surmonté du trait noir de ses cheveux :

– Il n'y a plus que moi... constata-t-elle à voix haute, en déboutonnant son chemisier.

Le chemin était droit devant, en myriades de reflets

sur l'eau, le précipice derrière. On ne pouvait pas se tromper. Quand elle entra dans la première vague, Sandrine évalua clairement l'issue. Ou bien rejoindre Arnaud, l'empêcher de couler, et l'hélicoptère de la sécurité civile les repérerait – il y avait au moins deux passages à la tombée du jour. Ou bien ils périraient en mer. Elle eut une brève vision d'elle-même dérivant entre deux eaux, le corps gonflé, une sirène. L'image était calme, dénuée de peur.

Elle ne laisserait pas Arnaud se noyer, Julien avait eu tort. Sa dignité, ses principes ne s'étaient pas amoindris, ils avaient changé de destinataire, voilà tout.

De l'eau jusqu'à la poitrine, elle dit plusieurs fois :

– Pardon, Célia.

Elle pensa à son fils. Elle se souvint de son regard et comprit la raison de son effroi, lui qui savait depuis longtemps. La mère qui se voulait indispensable eut une révélation : Maxime se construirait en son absence, avec son père, sa famille, ses amis, ses enseignants. Mais aucun de ceux-là n'aurait, dans son cœur, la place qu'elle était en train de prendre. Pour la vie.

Elle s'enfonça dans l'eau, le pansement d'Arnaud en mire. Il avait agité une nouvelle fois la main. Elle l'entendit appeler.

– J'arrive ! cria-t-elle.

Chapitre 20

Le soir du 15 août, à Soulac, l'été atteint son apogée. Les musiciens d'un big band, coiffés de canotiers, peinent à se frayer un passage dans la rue de la Plage. On piétine derrière d'autres badauds. Il vient une sorte d'ivresse d'être innombrables, si colorés et joyeux. La ferveur monte en direction du dieu des vacances, caché dans la nuit du côté de l'océan. Les hôtels refusent du monde jusqu'à Pauillac.

Le lendemain, *ce n'est plus ça*. Les rangs comptent moins de têtes. À l'aube, en catimini, comme pour ne pas déranger, des pères ont chargé le coffre et fixé les vélos sur le toit. Un claquement de portière salue la fin du contrat de location.

Deux jours plus tôt, le 13, peu avant onze heures, dans l'éclat éblouissant du soleil – cette année serait appelée « celle de la sécheresse » –, nous griffâmes de nos ailes de corbeaux, sur le parvis de Notre-Dame-de-la-Fin-des-Terres, la mémoire des touristes. Nous : le chœur, Soulacais de souche et d'adoption. À quelques-uns, vêtus de noir, puis de plus en plus nombreux. On aurait dit que nous manifestions contre la couleur, l'excès, les vacances.

Nous remarquions, près du porche surmonté d'un crêpe, Anne-So, amaigrie sous les lunettes fumées. Manou, qui avait abandonné un instant le Saint-Louis, la tenait par la main. La foule était dense. Un murmure la parcourut à l'arrivée de Julien accompagné de ses deux enfants, eux-mêmes suivis par le fourgon des pompes funèbres. Maxime, le fils, portait un ruban noir noué au bras. Des femmes éclataient en sanglots sur son passage.

Plus tard, dans la fraîcheur bienveillante du Café de l'Armistice où nous nous étions retrouvés à quelques-uns, un Parisien entra, familier de la belle saison :

– Qui vient-on d'enterrer ?

– Sandrine Laguibson, répondit l'un d'entre nous. La femme de l'Ingénieur. Elle est morte noyée. Vous ne lisez pas les journaux ?

Sud-Ouest avait été au début discret. L'édition du 7 août ne relatait qu'en une brève le sauvetage d'Arnaud Perudo, quarante ans, photographe en vacances sur nos plages, par un hélicoptère de la sécurité civile. Il avait fallu attendre l'édition du lendemain pour obtenir des détails. Un plongeur avait été hélitreuillé. Lorsqu'il avait ramené Arnaud, il était apparu qu'il n'était pas seul, qu'une personne manquait.

Aucune allusion à Sandrine. Nous, le chœur, savions. La rumeur agitait la cité. Le matin, dans la Maison de la presse, au-dessus des zincs, en arrêtant nos voitures sur le bas-côté, en livrant le pain, en distribuant les lettres, nous ne parlions que de cela. Au Café de l'Armistice, quelqu'un osa encore « le Coq » et fut remis à sa place. Des femmes, sur leur seuil, rappelaient le destin de Valérie. Nous leur demandions de se taire.

L'édition du 9 août, dans le cahier « Médoc », consacrait une page à Sandrine. Où s'étaient-ils procuré cette photo ? On la voyait cheveux au vent, en hiver, sur le débarcadère de Saint-Christoly. Peu d'entre nous avaient remarqué qu'elle était belle. L'article disait qu'un chalutier l'avait remontée dans son filet. Une cellule psychologique avait été mise en place. Elle ne dédouanerait pas un jeune homme, à bord, d'avoir aperçu au milieu des poissons le corps impudique, ballonné.

Les orages qui surviennent en général la troisième semaine d'août ont enfin abreuvé la terre mêlée de sable. Il n'empêche qu'au potager, les légumes s'épuisent. Le melon cesse de ramper, la courgette jaunit.

En ouvrant les volets sur le petit jour, désormais à sept heures, une fraîcheur surprend. À l'ouest de la nationale 215, les forêts, les chablis retrouvent l'odeur du cèpe. Des fougères affaissées les tapissent en fauve. Les derniers touristes se rejoignent au Verdon, dans l'attente du bac.

Puis ce seront les premiers coups de fusil, à la passée, dans le soir qui se dépêche de tomber. Nous aurons encore de beaux ciels. Parmi les dix sortes qui survolent le globe, nous sommes riches en nuages d'altitude, cirrostratus, cirrocumulus, cirrus. Certaines fins de journée, on dirait qu'une main inconnue, du côté de l'océan, jette sur la presqu'île des brassées d'épis roses.

Le vent tourbillonne sur les places désertes à Vendays, à Queyrac, à Montalivet, achevant d'y dépouiller les platanes-mûriers. Il s'engouffre comme une épidémie dans la rue de la Plage, à Soulac, au milieu des boutiques et des villas fermées. Quelques lumières brillent dans les interstices, éclairant l'atelier ouvert, la véranda du Saint-Louis, le Café de l'Armistice. Des silhouettes glissent de l'une à l'autre, tenant le col de leurs manteaux dans les rafales, elles échangent des nouvelles.

Le fils de la coiffeuse va épouser Marion. Vos grands-parents vont bien ? Il y a un bout de temps que je ne les ai pas croisés, dites. Il paraît qu'un centre naturiste sera construit au-dessus des Arros. J'ai rencontré le marchand de journaux, il n'avait pas l'air en forme. Virginie a accouché de jumeaux finalement. Il y a un étranger en ville, vous l'avez vu ?

NOTE À L'ADRESSE DES AMIS MÉDOQUINS

Pour écrire ce livre, j'ai adopté le point de vue d'un *gavay*, d'un étranger. S'il a rendu malheureux certains, dont l'affection est si grande, je leur demande pardon.

RÉALISATION : PAO ÉDITIONS DU SEUIL
IMPRESSION : IMPRIMERIE FIRMIN-DIDOT AU MESNIL-SUR-L'ESTRÉE (EURE)
DÉPÔT LÉGAL : JANVIER 2007. N° 66383 (82562)
IMPRIMÉ EN FRANCE